Miraç Çağrı Aktaş'tan

OLİMPOS®

SEN ON YEDİ YAŞIMSIN
Miraç Çağrı Aktaş

Editör: Arzu Alan
Son Okuma: Buse Turan
Mizanpaj: Sevil Şener
Kapak Tasarımı: İlknur Muştu

5. Baskı: Mart 2017
ISBN: 978-605-9609-38-8

OLİMPOS YAYINLARI
Maltepe Mah. Davutpaşa Cad. Yılanlı Ayazma Yolu No:8 K:1 D:2
Davutpaşa / İstanbul
Tel: (0212) 544 32 02 (pbx) Sertifika No: 13718
www.olimposyayinlari.com - info@olimposyayinlari.com

Genel Dağıtım: YELPAZE DAĞITIM YAYIN SANAT PAZARLAMA
Maltepe Mah. Davutpaşa Cad. Yılanlı Ayazma Yolu No:8 K:1 D:2
Davutpaşa / İstanbul
Tel: (0212) 544 46 46 Fax: (0212) 544 87 86
info@yelpaze.com.tr

Baskı: MY Matbaacılık San. ve Tic. Ltd. Şti.
Maltepe Mah. Yılanlı Ayazma Sk. No: 8/F Zeytinburnu / İstanbul
Tel: 0212 674 85 28 Sertifika No: 34191

MİRAÇ ÇAĞRI AKTAŞ

SEN ON YEDİ YAŞIMSIN

OLİMPOS®

**Benim söylemek için
çırpındığım gecelerde
siz yoktunuz…**

Özdemir Asaf

"Çiçek dalında
kadın sevdiği adamın
yanında güzeldir."

En Güzel Teşekkür

Bu yazımda teşekkür etmek için saymayacağım isim kalmayacak çünkü klasik bir teşekkür yazısı olmasını istemiyorum. Ona teşekkür ediyorum, buna teşekkür ediyorum demek de istemiyorum. Zaten yazdığım kitaplarda bana, siz okurlarımdan başka hiç kimsenin desteği olmadı.

Bu yolda yanımda hep siz vardınız. Çünkü biz aynı duyguların ortağıyız...

Ben en güzel ve en büyük teşekkürümü bu kitabı okuyan, kirlenmiş bunca duyguların ve pas tutmuş bunca kalplerin içinde temiz kalabilmeyi başarmış, en saf ve en temiz duygulara sahip olan sana ediyorum.

Kendin gibi temiz kalan kalplere denk gelmen dileğiyle...

İyi ki varsın.

Ben bu kitapta aldığım darbelere ve sırtımdaki bıçaklara rağmen hayata nasıl devam ettiğimi sana anlatmaya geldim. Belki senin de aldığın darbelerin ve sırtındaki bıçakların sana hissettirdiği acı da benimkiyle aynıdır.

Bu kitap gitmeyecekmiş gibi hissettirip gidenlere, çaresiz bir şekilde sevmenin ne demek olduğunu bilenlere en etkili reçete...

"Aşk
sahiplenilmek ister,
ikilemde bırakılmayı
değil."

Kadınları Anlayan Adam

Sık sık karşınıza kadınları anlayan adam imajıyla çıktığımın farkındayım. İnsanlar, bilhassa ön yargılı varlıklar oldukları için ve özellikle de kadınlar "Erkekler kadınları anlayabilir mi ya?" sorusunu soruyorlar. Hiç kimse anlayabileceğini bilmiyor. Bir kadını en iyi onunla aynı acıları yaşamış ve aynı tecrübelere sahip olan bir adam anlar. Bir kadını en güzel sevdiği adam tanır ve bir kadını her şeyiyle o adam yaşar. Kadınların kendi cinsleriyle olan rekabetinden birbirlerini anlamaya fırsatlarının olduğunu mu sanıyorsunuz siz? Eğer böyle bir düşünceniz varsa bunu unutun. Bir kadını yalnızca nota bilgisi olan bir adam anlayabilir...

Bazı erkekler vardır "adam" sıfatını zerre kadar hak etmezler. Bazı kadınlar vardır, kadın oldukları hâlde "adam" sıfatını sonuna kadar hak ederler. Bazı anneler vardır, bunun canlı kanıtını aynı şekilde evlatlarına bizzat kendileri gösterirler.

Ben kadınları anlamaya annemin gücü olmadığı için ilkokulda beni en çok gitmek istediğim okul gezisine yollayamadığında başladım.
İşin en kötüsü de neydi biliyor musunuz? Sevdiğim kız ve onu seven çocuk da o geziye gitmişti. Ama ben, annemi anladım. Şımarık çocuklardan olmadım. İyi ki de olmamışım. Çünkü ben hayatı daha o yaşımda tanıdım.

Nota Bilgisi

Her kadın, sevdiği adamın kendisi için nelerden vazgeçtiğini ve sevdiği adam tarafından her şeye rağmen kendisinin önemsendiğini görmek ister elbet. Ancak onlar için en önemli nokta "güven" kavramıdır. Şayet bir kadına tüm benliğiyle güven verebiliyorsa bir adam, sözlerinin arkasında durabiliyorsa ve o kadın tüm bunları görüyorsa o adama âşık olur. Bir kadını kazanması zor değildir aslında, bakmayın işte, biz onların ruhunu okşamayı bilmiyoruz. Boşuna dememişler: "Kadınlar enstrüman gibidir, her erkek nota bilmez." diye. Aynen öyle. Nota bilgisi şart beyler, nota bilgisi şart...

Hiçbir nota bilgisi olmadığı hâlde kendini müzisyen sanan âşıklar var. Sonrasını biliyorsunuz zaten, ortalık acıdan geçilmiyor...

Yalnız beyler, büyük umutlarla aşka adım atan kadınlar yıkıldıklarında toparlanamıyor.

Unutulmasın...

Ve ben en çok keman olmak isterdim sana.
Boynundaki kokunun üzerime sinmesini isterdim,
seni sevdiğimi insanlara anlatırken.

Susarsak Her Şey Biter.

İnsan çiğdir ve onu acı pişirir. Bu cümleyi "İnsanoğlu çiğ süt emmiştir." atasözüyle bağdaştırmak mümkün aslında.

İnsanı insan yapan, duyguları ve acılarıdır. İnsan sevdiği zaman insandır. Mutluluk ve sevgi aynı oranda olmasa da mutluluklarımızın çok kısa olduğuna inandırmışızdır kendimizi çoğu zaman hayatta. Ama ne yapalım, upuzun bir mutluluk bile kendini kısa bir döneme yayıyor. Sonra bir bakıyoruz acılar kapıda bekliyor. Onları içeri almak zorunda kalıyoruz.

Şu da var ki her insanın en yakınına dahi anlatamadığı acıları da var içinde. Tıpkı hiç kimsenin bilmediği gizemli bir yanının benliğinde saklı olduğu gibi...

"Hiç kimse" derken buna, o insanın en yakınlarının da dâhil olduğunu unutmayalım.

Bir insan yakın görüp güvendiği biriyle özel sandığı her şeyi paylaşsa da bazen öyle bir an gelir ki, farklı bir yerde ve farklı bir kişiyle başka bir özel yanının daha olduğu gerçeğine şahit olur. O an anlar hayatın sürprizlerle ve yeniliklerle dolu olduğunu...

Bu yazıyı okuduktan sonra belki en yakınlarınızın gizemli yanlarını öğrenme çabasına gireceksiniz. İrdelemeyin. Planlayarak değil, gelişigüzel yaşayın güzel yanlarınızı.

İnsan susuyorsa kabullenmiştir. Belki de tükenmiştir. O yüzden söz konusu acınız olsa bile paylaşın. Çünkü sevgi nasıl paylaşılınca güzelse acı da insanın kendisini anlayanla paylaşıldığı zaman güzeldir. Geçirmiyor ama hafifletiyor. Hiç yoktan iyidir. Düşenin hâlinden yalnızca düşen anlıyor. Diğerleri "anlıyorum" diyor, bir bakıyorsun ki bir tekme de onlar vuruyor. İnsanın başına ne geliyorsa zaten şu ya "anlıyorum" diyenlerden ya da yakınım dediklerinden geliyor. Bu hayatta birine yakınım demek için illa birinden darbe yemek gerekmiyor ama ne yazık, gelin görün ki bu darbeleri yemekten insan kendini alıkoyamıyor. Her şeyin bir bedeli olduğunu da bu durum fazlasıyla özetliyor. Endişeye kapılmayın, hepimiz ödememiz gereken bedelleri ödedik. Ödememiz gerekirse yine öderiz. Çünkü biz bencil değiliz. Her ne olursa olsun hak etmediğimiz olsa bile her zorluğa göğüs gereriz. Onlar da bunları bildikleri için yapmadıklarını bırakmadılar ya zaten...

Bizim ayıbımız da güvenmek olsun.

Yine olsa yine güveniriz.

Kıyamam Dediler, En Güzel Duygularımızı Kıyma Gibi Çektiler.

Bak, duygularından istediğin kadar kaç. Bana istediğin kadar "Ben seni üzmek istemiyorum." de. İstediğin kadar sana söylediğim her şeye kayıtsız şartsız kal. Gözlerine baktığımda, benim yıllardır çözemediğim kördüğüm olmuş düğümlerim çözüldü. Ben buraya destanlar da yazsam anlamayacaksın. Yine diyeceksin ki "Ben seni üzmek istemiyorum." Bilmeyeceksin karşında öylece durmama rağmen bana sarılmadığın her an bin parçaya bölündüğümü. Bana bu kadar güzel bakıp, sonrasında bakmamış gibi davranıp, benim de bu gerçeği es geçmemi beklediğini gördüğüm her an tükendiğimi bilmeyeceksin.

Defalarca üzmek istemediğini dile getirip beni yerle bir ettiğini görmüyorsun. Bunu daha ne kadar yapacaksın bilmiyorum. Bildiğim tek bir şey var: Ben seni karşılıksız ve çaresizce seviyorum.

Her aşk karşılıklı olsaydı yazarlar, aşklarını yazdıkları kitaplarda anlatamazlardı. Sezen şarkı yapamazdı. Yıldız Tilbe çaresiz bir şekilde "Sen de sev ama sevilme" diyemezdi. Bak, ben de sana olan duygularımın tarifini buraya döktüm işte. Aslında seni sevmenin bir tarifi yok. Sen doğaçlama sevilirsin. Plan yapmadan, düşünmeden. Öyle, gelişigüzel. Bir o kadar da çaresizce.

Bana seni üzmek istemiyorum deme,
beni ziyadesiyle üzdün.
Lakin seni severken sana ihtiyacım yok.
Çünkü sen hem gözümden hem kalbimden düştün.

Dikkat Et.

Kalbimdeki tüm yara izleri sana ait. Hepsinin ayrı bir anısı ve acısı var. Altında kalmadığım enkaz, içine girmediğim savaş, dökmediğim gözyaşı ve senin için vermediğim mücadele kalmadı. Hepsi senin o senden önce inandığım tebessümün içindi. Bir yanım çölken, diğer yanım papatyalarla dolu bahçe oldum sana ben. Ama baktım ki verdiğim emekler boşa, ben de vazgeçmek zorunda kaldım. O bahçemdeki papatyaları teker teker kopardın. Ben o papatyaları hissettirdiğin acıların gözyaşlarıyla suladım. Onlara da acıman olmadı. Sen hayatında beni hep en sona atarken, benim her zaman önceliğim sendin. Ben seni sığınağım bildim. Bana hissettirdiğin tüm acılarla yine sana geldim, hep sana sığınmak istedim.

En kötüsü de neydi biliyor musun? Sen bunları hiçbir zaman görmedin.

Ama bakın ben ne anladım biliyor musunuz? Ne yaparsanız yapın, bir insan en ufak çabaya dahi değmiyorsa bırakacaksınız. Bırakın, daha iyisini buluyorsa gitsin onunla olsun. Bize de acılar ve onun bizim gibi güzel sevecek birini bulamayacağının rahatlığı kalır. Çok sevecek birini demiyorum bakın, güzel sevecek birini diyorum. Arada fark var. Bir yemeği birçok aşçı yapar. Ancak biri aralarında muhakkak en güzelini yapar. Sevenler arasında o en güzel seven de bizim kalbimizdi işte. Ve şu da unutulmasın, hiçbir ömür de onlara bizimki gibi lezzetli gelmeyecek. Bizim ömrümüzün lezzetli olması da güzel sevebilen duygularımıza dayalı. Bu gerçeği onlar bilmeyecek.

Yani anlayacağın seni herkes çok sevebilir. Ama kimse seni benim gibi sana binbir türlü anlam yükleyerek güzel sevemez.

Güzel seveni görmek için güzel bakmayı bilmek gerekirdi.
Ancak beni sevmeni beklemek de
kör birinden görmesini istemekti.

Her Şey Bir Gün Güzel Olacak.

Gerçekten güzel bir avuntu değil mi? Ama inandırıcı değil. İnanç meselesi çok önemlidir. İnanç kelimesinin çıktığı bir yığın sokak var. Hepsi de ayrı anlamlı ve istedikten sonra insan o sokaklarda huzurla yürüyebilir. İnançların başında elbette "Allah" geliyor, orası zaten Allah'ın emri.

Mesela aşka olan inanç, insanlara olan inanç, mutlu olacağına dair inanç gibi inançları da vardır insanın bir diğer elinde. Bazı insanlar göze hoş gelir, ancak kalbe dokunmayı bilmezler. Duygulardan yoksunlardır. Bana da hep böyle insanlar denk geldi. Gözümün doyması önemli değil, kalbim doysun yeter dedim hep. Duygularım hep ön planda olduğu için göz zevkimden önce duygularımın tatmin olması gerekti. Ve hiç kimse bu detayı göremedi. Beceremedi yani. Göz boyamaya çalışan herkese siyahtım ben. Ama içimdeki gökkuşağını, duygularımı okşayan görebilecekti. Ancak o insan hiç gelmedi.

Gözünüzü boyayan değil de kalbinizdeki en ufak hasarı onarmaya çalışan insanları sevin. İnançlarınız o zaman kırılmaz. Girdiğiniz her beklenti, size o zaman ufak mutluluklar getirecektir.

Bazı cümleler de kulağa hoş gelir ancak inandırıcı değildir. Sadece duyduğunuzla kalırsınız. İnancımıza da, aşkımıza da, duygularımıza da sahip çıkacak olanla karşılaştır Allah'ım. Belki o zaman her şey güzel olur.

I. Bölüm

Hayatın önüme koymuş olduğu ve içinden çıkamayacağım en zor sorunlarla cebelleşirken omuzlarımdaki yükü biraz da olsa onu sevmek hafifletebiliyordu. Bunu ona borçluydum. Bu borcu çaresizce de olsa Allah'ın her günü onu severek ödemeye çalışıyordum. Bu bir avuntu değil, acı bir gerçekti. Ben gerçek olmayan şeylerle kendimi asla avutmadım, avutmam da. Çok severken sevdiği insanın göz göre göre istemeden de olsa başkasına ait olduğu gerçeğiyle nereye kadar gidebilir bir insan? Attığı her adım onu biraz daha sürüklemez mi uçuruma? Veya sevdiği için çıtını bile çıkarmadan uçurum olduğunu bildiği hâlde mi adım atar aşka? Bunlar tartışılsa da ben çaresiz bir şekilde sevdiğim için uçurum olduğunu bile bile adım attım ona.

Ya sonra?
Sonrası çaresizlik. Sonrası tükenmişlik.
Sonrası ne biliyor musunuz?
Sonrası bitmişlik...

Unuttum denilen her an biraz daha çok sevilmiş ve koptukça bağlanılan, bağlandıkça kördüğüm olan bir hikâyeydi bizimkisi...

Onu ilk gördüğümde böylesine delice sevebileceğim aklımın ucundan geçmezdi. Zaten şu aşk denilen illet hayatımıza gelirken hangimize haber verdi ki? Bir geldi, her yer her yerdeydi. En azından azıcık toparlardık içimizi gelmeden önce haber verilseydi. Ama hepimizin aşka hazırlıksız yakalandığını söyleyebiliriz. Muhakkak her insanın davetsiz misafiri vardır hayatında, içeri almaktan başka çaresinin olmadığı... İşte o da, benim davetsiz misafirimdi. Onu kalp kapımdan içeri aldım, dağıttı ve gitti. Gitmez sandım, gitti. Düşeceksem de o buna değer dedim, yanıldım.

Sever beni dedim, yaralandım. İnsanı da zaten her zaman bu üç şey yaralıyormuş: Sandığı, yanıldığı ve yaralandığı...

Biraz geç anladım...

Hayatımda çok yanlış insanlara güvendim. Bu farklı olur gözüyle baktığım kim varsa daha sıradan çıkınca ayrı bir tükendim. Ama bunu kimseye belli etmedim. Çekildim köşeme, hissizleştim. İnsanın geleceği en kötü noktalardan biri hissizleşmektir. Çok sevmenin hakkını verdiğim gibi hissizleşmemin de hakkını verdim. Bunu benim gibi aşırı duygusal bir adam bile ara sıra yaşayabiliyorsa bence herkes dibine kadar yaşıyordur.

Bizim gibi duygusal, attığı her adımı duygularıyla atan insanları bile hissizleştiriyorlar ya ne desem azdır. Mesela ben mantıksız bir insan değilim ama attığım her adımı duygularımla atarım. "Mantık mı duygular mı?" diye sorarsanız kaybedeceğimi bildiğim hâlde yine de duygular derim. Karşıma çıkan insanların hepsi "Miraç sen çok ince düşünüyorsun. Bu seni çok yorar. İnce detaylara fazla takılma." gibisinden ağıtlar yaktılar. Ben özümden ve duygularımdan asla vazgeçmedim. Benliğimi ve duygularımı en ağır acıyı çekeceğimi bilsem de yine de terk etmedim.

Kaybedeceksem de duygularımın arkasında durarak kaybettim. Pişman da değilim. Bana o ağıt yakanlar sayesinde duygularıma zarar verdim ama onlardan asla vazgeçmedim. Böyle de vazgeçememe gibi pis bir huyum var. Yani anlayacağınız ben kaybedeceğimi bilsem de duygularımla kaybediyorum. En azından "Kendi duygularım yüzünden kaybettim." diyebiliyorum.

Onu sevmek için geçerli sebeplerim vardı. Kalbimin ritmi onunla hız kazandı. Bana ufak ve güzel heyecanlar kattı. Beni anlamaya çalışma çabaları, yani tam olarak başaramasa da beni sevmeyi sevmek için elinden geleni yapması bile en basitinden onu sevmem için bana yeterliydi. Ama sevmem için daha mühim gerçekler gerekmez miydi? Bazen ihtiyacın olanla değil de elinde olanla yetinmeyi öğrendiğinde alışıyorsun içinde bulunduğun çaresizliğe. Ben onu severek büyüdüm. Sevdikçe küçüldüm gerçi, o da ayrı bir mesele. Ya kendi kendime dedim ki: Miraç, vazgeç. Bu kızdan sana aşk olmaz. Olsa olsa acı olur, yara olur dedim. Şımarık bir yapıya sahip zaten, yorar seni dedim. Zaten yorgunsun, zaten iki adım öteye gidecek mecalin kalmamış. En son güvendikten sonra uğradığın hüsranı hatırla, bak yoluna dedim. Dedim demesine de tüm bunları kalbime dinletemedim. Kalbe söz geçmez bilirsiniz.

Ben de kalbime sevme diyemedim. Dediğim gibi zaten vazgeçememe gibi bir huyum var. Ben kendimi bildim bileli bu huyum hep vardı. Büyük kayıplarımın altında yatan acı gerçeğin sebebiydi kolay vazgeçemiyor oluşum. Bu sefer de vazgeçemedim.

Gittim... Ondan değil, ona gittim.

Sevilmeyeceğimi bile bile ona gittim.

Gittiğim her adımda bittim.

Arkadaşlarla ayarladığımız halı saha maçında kaşıma aldığım darbe sonucu kanlar içinde yerde kalmamla başladı bizim hikâyemiz. Onu tanıdığımda on yedi yaşındaydı. İmkânsız değildik. Hatta abartmıyorum, bu hayatta en mümkün olabilecek şeylerden biri bizdik.

Onun olgunlaşmaya ve büyümeye ihtiyacı vardı, benim de yaşayamadığım çocukluğumu yaşamaya. İkimizin de tamamlanması gereken eksik parçaları birbirimizde mevcuttu. Hani bende dedim ki birbirimizi severiz, ben sevdikçe onunla yaşayamadığım çocukluğumu yaşarım. O da benim yanımda olduğumu hissettikçe tutunacağı bir dalı olur, kimsede görmediği sadakati bende bulur, beni severek olgunluğa kavuşur dedim.

Maçta bir kafa topuna çıktığım zaman sağ kaşıma rakip oyunculardan birinin sert bir şekilde dirseği geldi. Ben acımdan öyle böyle değil çok fena bağırarak kendimi yere bıraktım. Gözümü yerde açtığımda yüzüm kana bulanmıştı. Rakip takım oyuncularının kız arkadaşları da maçı izliyordu. Ben yerde kıvranmaya başladığımda dışarıdaki herkes sahaya girdi. Maçı izleyen kızlar da o an başımda toplanmışlardı. Sağ kaşım açılmıştı. Sonra o kızlardan biri benimle çok farklı bir şekilde ilgilendi. Ya da ilgiye ihtiyacım olduğundan bana mı öyle geldi, bilmiyorum. Boynuna doladığı şalını kanım dursun diye kaşıma bastırdı. Hâl ve hareketlerinden çok merhametli biri olduğu belliydi. Ama onu görmeliydiniz, çok güzeldi. Benim de üzerimde Beşiktaş formam vardı ve her yerim kan olmuştu. Zaten o da sağlıkçıymış. Ben sakinleştikten sonra staj yaptığı hastaneye gittik. Normalde de acilde çalıştığı için o akşam hastanede çalışanları da tanıyordu hâliyle. Ve benimle çok yakından ilgilendi. Yaşadığım bu olay karşısında onun benimle böylesine naif bir şekilde ilgilenmesi de beni mutlu etmedi değildi. Bana verdiği şalı hastaneye varana kadar kaşımdan kaldırmamıştım. Arabada giderken ismen tanıştık. Adı Zümra'ydı. Nedendir bilmem ama bu kız bende farklı bir heyecan uyandırmıştı.

Açılan kaşıma dikiş atıldı ve ben hastaneden çıkana kadar herkes o akşam yanımdaydı. Zümra ve arkadaşları da oradaydı. Ancak bir müddet sonra onu çevremde ve hastanede göremedim. Arkadaşlarına sorduğumda eve dönmek zorunda kaldığını ve gittiğini öğrendim. Ona doğru dürüst teşekkür bile edemediğim için çok üzülmüştüm. Sonra arkadaşları da hastaneden ayrıldılar. Herkes bana geçmiş olsun dedikten sonra dağıldı ve biz de takımdan iki-üç kişi kaldık. Bizim çocuklara onu sorduğumda tanımadıklarını söylediler. Yanımdaki arkadaşlar rakip takımdan olanları bile fazla tanımıyordu. Zaten ben de fazla kalmadım hastanede. Zümra'nın şalı da bende kalmıştı. Sonra beni eve bıraktılar. Başımı ıslatmayacak şekilde duş aldım. Sonra kafamı yastığa koyduğumda o akşam yaşadıklarımı yeniden düşündüm. Ona rastlayana kadar her şey normal bir şekilde yerli yerindeyken, o olaya dâhil olduğunda böyle her şeyi yıkıp deviriyormuşum gibi tarifini yapamadığım bir heyecan sarıyordu beni. Bu heyecan kaşımı da sızlatıyordu. Tatlı bir acıydı ama bu. Şalın her yeri kan olmuştu ama makineye atmadım. Yıkamadım yani o gece. Kokusunu bir kere ciğerlerinize çekseydiniz, neden yıkamadığım konusunda bana hak verirdiniz.

Sonra henüz bir şey düşünmek için çok erken olduğunu düşünerek uykuya daldım.

Annem kaşıma dikiş atıldığını haberini alır almaz beni arayıp biraz söylendi ama sonra sustu. Üzüldüğünü ses tonundan anlamıştım. Anneleri bilirsiniz işte, onlardaki yüreğin ağırlığını kimse taşıyamaz.

O yükü taşıyabilecek gücü yalnızca annelere vermiş Rabbimiz. Cennetin de annelerin ayakları altında olduğunu söylemiş Peygamberimiz. İşte biz de bu iki yüce varlığın ümmetiyiz. Biz görmeden sevmelerde de birinciyiz.

Dikişlerimin artık alınması gerekiyordu. Ben de sırf dikişleri Zümra'nın çalıştığı yerde aldırmak için başka bir hastaneye gitmedim. Çalıştığı yer evime biraz uzaktı ama olsun. Onu bir kere de olsa görmek için değerdi. Şalı da yıkamıştım bu arada. Yani o şekilde veremezdim. Zümra'nın şalıyla hastanenin yolunu tuttum. Belki onunla karşılaşırım diye yine acil bölümünden girdim ama ne yazık ki umduğumun tam tersi oldu. O gün hastanede yoktu. Ben dikişlerimi aldırmak için gittim ama Zümra'yı göremediğim için aldırmadan eve geri döndüm. Çünkü onun da elinin değmişliği vardı o dikişlere. Onun da yardımıyla atılmıştı yani. Şalı da yıkandığı için o kokmuyordu artık. Ama ben yine de onunla uyudum. Elimde olan imkân şu anda buydu ve bende bununla yetinmek zorundaydım. Ertesi gün yine hastaneye gittim.

Ve o gün yine yoktu. Dikişlerimi de artık mecburen o gece görevli olan biri almıştı. Kendisini isim olarak tanımıyordum; ancak o gece o da hastanedeydi ve Zümra'yı tanıdığını biliyordum.

Ona Zümra'yı sorduğumda ailevi sorunları olduğu için işe birkaç gündür gelemediğini söyledi. Bende kendisine teşekkür edip çıktım. Bir süre şal bende kaldı. Zümra konusunda ne kadar sabırsız olursam olayım, ona ulaşamıyordum. Akışına bırakmaya karar verdim. Bir gün muhakkak karşılaşacağız ve konuşacağız düşüncesiyle bu konunun üzerinde bir müddet durmadım. Günler sonra tanımadığım bir numara beni aradı. Arayan Zümra'ydı. Numaramı o akşam halı sahaya izlemeye geldiği arkadaşlarından bizim çocuklara rica etmelerini isteyip, onlardan almış. Bizim çocuklar da kaç gündür Zümra'yı aradığıma aşina oldukları için numaramı bana sormadan vermişler tabii normal olarak. Ben o an telefonda anladım ki bir insan bir insana sesiyle de sarılabiliyormuş. Bunu telefonda kendisine de söylediğimde hafiften gülmüştü. "Şalım sende galiba Miraç... Onu senden almam gerekiyor." dedi. Ben de kaç gündür kendisini aradığımı, hastaneye gittiğimi falan söyledim. Ve sonra ikimizin de müsait olduğu bir zamanda Galata Kulesi'nin altındaki Galata Çay Bahçesi'nde buluştuk. Size yemin ediyorum, buluşma günü evden çıkmadan kaç kazak değiştirdiğimi bir Allah, bir de ben biliyorum. Acaba hangi kazağımı giyersem beni daha çok beğenir heyecanıyla telaşım her hâlimden belliydi. O biraz benden erken gitmişti çay bahçesine. Uzaktan onu gördüğümde kendi kendime "Çok güzelsin be..." diye söylenmiştim. Görmeliydiniz. Karşısında kimse olmadığı hâlde bile çok güzel bakabilen biriydi. Bir de sevdiği adama aşkla bakarken düşünsenize... Yanına usulca sokuldum. Selamlaştık. Dikkatimi çeken ilk şey kokusuydu. Eşi benzeri olmayan bir kokuydu bu. Burnum burun olalı böyle koku duymamıştı. Ciğerlerim açılmıştı resmen. Hava da hafif kapalıydı. İstanbul'u az çok bilirsiniz, her günü gridir. Yine de sorun değildi, Zümra o gün gökyüzümün mavisi olmuştu bile. Biraz lafladık. Bir an tüm dikkatini kaşıma verdi. "İzi kalmış." dedi. Ben de hafifçe tebessüm ederek: "İzi kalan tek şey, yara izim olsa kâfi dedim."

"Neden, başka ne izin var ki?" diye sordu.

"Her insanın muhakkak taşıdığı izler vardır hayatında. Senin de vardır, şu yan masada oturan insanların da." dedim. Hak verdi.

Sonra Kız Kulesi'ne âşık koca Galata'yı görmezmişçesine "Neden Galata Kulesi'nin altındaki çay bahçesi?" diye sordu. Ben de elinden tutup onu Galata'ya çıkararak cevabını uygulamalı bir şekilde veremedim ama "Özel bir nedeni yok, çayı güzel buranın." demekle yetindim. Güldü. Onun o andaki tebessümünün nedeni olabildim ya, kendimi daha da sevdim.

Şalı bana verdiği ve ilgisi için kendisine teşekkür ettim. Onu evinin olduğu mahalleye bıraktım. Zaten fazla konuşmadık o gün. Hani en çok konuşmak istediğin insanla konuşmak isterken kelimelerin hepsi boğazına düğümlenir, iki kelime edemezsin ya, öyle işte... Normalde konuşkan bir yapım varken onun karşısında dut yemiş bülbül oldum. Buna da bir anlam veremiyordum.

Eve döndüğümde bana dedesinin beni mahallede gördüğünü söyledi. Biraz korktum tabii.

"Merak etme, dedem çok iyi bir insandır. Kızmaz böyle bir şeye ama ona söylemediğim için biraz endişelenmiş sadece." dedi. Ben de "Tanışırım dedenle, bir daha kaygılanmaz." dedim.

Dedesinin adı Haşmet'ti. Haşmet amca gerçekten de çok iyi bir insandı. Yani bir insan bu kadar cana yakın ve böylesine tatlı olabilirdi. Kendi dedem olsa bu kadar sevmezdim yani. Çok iyi anlaştık, beni de çok sevdi. Zümra'nın annesi, babasından ayrıldıktan sonra başka bir adamla evlenmiş. Dedesi de Zümra'ya öz evladı gibi sahip çıkmış. Dedesi ve anneannesinin evi annesinin eşiyle birlikte yaşadıkları eve çok yakındı. Zümra bazen dedesinde, bazen annesinde kalıyordu. Üvey babasını pek sevmiyordu hâliyle. Hangi evlat öz babasının yerine gelen bir adamı samimiyetle sevebilir ki? Sevse de nadirdir. Şahsen ben sevemedim. Sorun şu ki ben kendi babamı sevebilecek kadar bile tanıyamamıştım. Olaya o kadar yabancıydım yani.

Yeri asla dolmayacak bazı boşluklar vardır hayatta. İşte sen o boşluksun baba.

Yerinin dolmayacağı ve asla doldurmak istemeyeceğim boşluğumsun...

Annesi, evlendiği adam için Zümra'yı çok ihmal etmişti. Zümra'nın zoruna giden en ağır şey de bu olmuştu. Yani bir anne öz evladını bir adam için nasıl göz ardı ederdi ki? Bunu ben de anlayamamıştım Ama Zümra yaşının üstü olgunluğuyla beni büyülemişti. Yani bir kız, henüz daha yolun başındayken acılarıyla yoğrulmuştu, olgundu ve attığı her adımı biliyordu. Sanırım beni de en çok bu etkiliyordu.

Aramıza sebepsiz soğukluklar giriyordu. Bana alışması için, yanımda kendini huzurlu ve güvende hissetmesi için elimden gelenin fazlasını yapıyordum. Yaptığım hiçbir şeyle yaranamıyordum orası ayrı mesele. Haklı olduğumda bile haksız duruma düşürüyordu beni. Bu iyice uzaklaştırıyordu bizi birbirimizden. Ben zaten haksızlığa tahammülü olmayan bir adamdım. Huzursuzluğu ve kavga etmeyi hiç sevmem ama ne yaptıysam bu kızın öfkesini, hırsını ve fevriliğini törpüleyemedim. Bir günü bir gününü tutmuyordu. Ezilen de hep ben oldum. Pes etmedim. Her gün ezilmeyi göze aldım. Babasından nafaka alıyordu. Bana oldukça iyi bir birikiminden de söz etmişti. Paraya ihtiyacı olmadığı hâlde bir kozmetik mağazasında stajını bitirdikten sonra satış elemanı olarak işe başladı. Kenarda biriktirdiği parası olmasına rağmen gösterdiği tutumluluğuyla, sabrıyla ve azmiyle de beni kendine iyice bağlamıştı. Yani biz birbirimize çok benziyorduk. Benziyorduk benzemesine de, neden aramıza olmayan mesafeyi sokmaya çalışıyordu? Bunun nedeni neydi? Bir türlü anlam veremiyordum. Salı günleri haftalık izin kullanıyordu. Ben de salı günlerini heyecanla ve iple çekiyordum hep. Çünkü birbirimize vakit ayırmak için en uygun zaman salı günü oluyordu. Aslında sevmek, emek vermek ve değer vermek boş olan zamanı doldurmak değil, dolu olduğun zamanlarda boş zaman yaratıp fedakârlık yapmaktı. Ama ne yazık ki hiç kimse bilmiyordu bunu. Zümra'yla salı günü buluşacaktık. Yani öyle sözleşmiştik. Pazartesi akşamı beni arayıp, "Hani şu bizim burada çalışan benim çok sevdiğim Nagehan abla var ya, onun yarın akrabaları geliyormuş. Kendisinin çarşamba günü olan iznini benimkiyle değiştirmeyi benden rica etti, ben de sana bir sorayım diye seni aradım." dedi. Ben de sorun olmayacağını ve çarşamba günü buluşabileceğimizi söyledim. Salı gününü de doldurduktan sonra çarşamba günü geldi çattı. Neyse ben yine hangi kazağımı giysem diye yine kazak ararken saatin de on bir olduğunu fark ettim. Zaten o sırada beni Zümra aradı:

"Seda geliyor yanıma." dedi. Ben de "Neden, ne olmuş?" dedim.

"Bilmiyorum o da gelecek zamanı buldu. İzinliymiş bugün, aradı ve yolda olduğunu söyledi bana. Bende bir şey diyemedim. Neyse geldiğinde hastayım falan diyeyim bari de ayıp olmasın ona da." Ben yine bir tepki vermeyerek telefonu kapattım. Seda'da en yakın arkadaşıydı bu arada. Benim oturduğum sitenin yanındaki sitede oturuyordu. Ama kendisini görmemiştim ve tanımıyordum. Neyse kısa bir süre geçtikten sonra Zümra bana mesaj attı. Mesajda aynen: "Seda'yla şimdi hazırlanıp çıktık, Seda beni erkek arkadaşıyla tanıştıracakmış, istersen sen de gel." yazıyordu. Ben yine hiçbir şey söylemedim. Sinirden evin içinde kendimi yiyip bitirdiğimi görmeliydiniz. Ben bu muameleyi hak eden bir adam olsam gam yemeyecektim ama şu yaptığına bir bakar mısınız ya? Şimdi gel de bu kızın elle tutulur, güvenilir bir yanını bul. Yok abi yok. Hiçbir hareketi bana zerre güven vermiyordu. Ben o yanımda aman şöyle mutlu olsun, aman böyle mutlu olsun derken kendi mutluluğumdan kısıp ona vermeye çalışıyordum ama olmuyordu. Ya beni nasıl böyle hiçe sayabiliyorsun sen? Gözüne çarpmayacak kadar mı yokum ben senin hayatında. Yazık ya, gerçekten yazık gibisinden şeyler söylendim kendi kendime o gün evde. Gerçekten bu kadar yorulmayı ve üzülmeyi hak etmiyordum. Bu kadar haksızlığı da. Çok önemliydi Seda'nın erkek arkadaşı. Biz plan yapıyoruz, ben evde heyecandan yerimde duramıyorum, hanımefendinin yaptığına bakın. Ama yine de iyi sabrettim. Allah bana peygamber sabrı mı verdi ne yaptı bilmiyorum ama Zümra'nın hareketlerine gerçekten anlam vermek güçtü. Ama ben bu gücü böylesine ufak ve gereksiz şeyleri kafamda büyüterek harcamak istemiyordum. Yan yana uzun yıllar birlikte yürüyerek harcamak istiyordum. Çok istiyordum ama olmuyordu. Zaten çok istediğiniz ne varsa olacağı varsa da olmuyor ya, cidden. Sırf çok istiyorsunuz diye olacağı varsa da gerçekten olmuyor.

Ona olan sinirimi içimde yaşadım ve kendisine asla yansıtmadım. Küstüm, kırıldım, üzüldüm, yoruldum, dağıldım ve bunların hepsini aylarca kendi içimde yaşadım. Günler geçti, hatta aylar geçti. Defalarca çalıştığı yere gittim. Ama ne yaparsam yapayım hiçbir ilerleme katedemedik. Olan sadece benim hayatımdan boşa geçip giden zamana oldu. Boşuna girdiğim streslerden, üzüldüğüm günlerden ve birçok şeyden söz etmiyorum bile. Yaşadığımız bu saçma olayın üstüne bir akşam beni arayıp ne yaptığımı sordu. Hiçbir şey yapmadığımı, evde oturduğumu söyledim. Yanında erkek sesi duyduğumda yanındakinin kim olduğunu sordum. Yakın arkadaşı Mert, iş çıkışı onu alıp evine bırakacakmış. Bak bak bak, yakın arkadaşıymış. Eve bırakacakmış. Ben de: "Tabii ya, Miraç kim ki zaten." diye geçirdim aklımdan. Bak keyfine dedim yalnızca. O kadar vakit geçir, o kadar emek ver, o kadar sıkıntıya, strese gir, başkası Zümra Hanım'ı eve bıraksın. Daha bir kere bile bana adam gibi vaktini ayırmadı be, ayırmadı...

Benim de en çok zoruma giden bu oldu. Ben hariç herkese ayıracak vakit buluyor, ben hariç herkese fedakârlık yapmayı çok iyi biliyordu. Bana düşmanı gibi davranıyordu. Asıl yanına sokulması gereken ve yaralarını yanında sarması gereken kişi bendim. Sırf böyle düşünüyorum diye mi beni yaralamaya çalışıyordu bilmiyorum. Ama beni çok yoruyordu. Yorulduğumu ve canımın acıdığını belli etmiyorum diye beni güçlü zannetmesi de gerekmiyordu.

II. Bölüm

Canımızdan çok sevdiklerimiz acıtmadı mı zaten hep şu canımızı?

Bazı Acıların Kökü Derindir, Sarılmayla Hafifletemezsiniz...

Beni bir akşam hasta olduğumu bildiği hâlde, işten çıktıktan sonra arayıp bir parka çağırdı. Boğazım şiş, ateşim var ve beni akşamın o soğuğunda parka çağırdı. Hayır diyemedim. Sen hastasın, iyileş, öyle konuşalım deme düşüncesi yoktu kendisinde. Çok bencildi çok. Ama sevdiğiniz zaman kusurlarıyla seviyordunuz. Şikâyet etmeden evden çıkıp hâlsiz bir şekilde parka gittim.

Uzaktan bir müddet yine izledim, yine çok güzeldi. Onu ne zaman görsem bir Alzheimer hastası gibi her şeyi unutuyor, o an sadece ona odaklanıyordum. Bahsettiğim bu durumu çaresiz bir şekilde seven anlayacaktır. Neyse buluşup konuştuk. Ona neden böyle yaptığını, bana neden bu kadar yakınken uzak davrandığını, neden beni istiyor gibi yapıp istemiyormuş gibi davrandığını sordum. Bana bu kadar güzel bakıp neden beni görmezden geldiğini sordum. Tüm bunların beni derinden acıttığını söyledim.

"Bana lütfen sıradan şeyler değil, bilmediğim bir şey söyle." dedim. "Bak ben hâlâ senin geçerli bir sebebini arıyorum. Tutunacak ve inanacak bir yanını arıyorum Zümra." dedim.

"Bak Miraç, kitaplarını okumadım. Sadece yazdıkların kadar biliyorum duygularını ve hislerini. Ama senin beni malzeme olarak kullanmana izin veremem." dedi.

Bunu duyduktan sonra deliye döndüm. "Ne diyorsun ya sen? Ne malzemesi? Bu ne saçmalık?" gibisinden şeyler söyledim.

"Zümra ben bunca zaman senin bana alışıp güvenmen için, biraz da olsa bana bir şeyler hissetmen için bekledim hep. Zamanla alışır, tanır, güvenir, sever dedim. Bunun için miydi her şey? Bu saçmalığı duymak için miydi?"

"Biraz sakin ol. Bak Miraç... Beni sadece gördüğün kadar tanıyorsun. Görmediğin, bilmediğin çok şey var."

"Sen bunların hangisini bilmeme izin verdin? Hiçbirine. Çünkü bencilsin."

" Aylarca annesinin gözünün önünde aldatılmasına şahit biri olarak aynı acıları yaşamaktan korkan birinin kabuğuna çekilmesi bencillik oluyorsa evet kabul ediyorum, bencilim."

"Nasıl yani?"

"Babam denilecek o adam hatta ne adamı, o adam bile değil. Annemi defalarca gözümün önünde aldattı. Hem de kimle biliyor musun? Annemin en yakın arkadaşıyla. Kadın hastalıklarla boğuşurken bunu fırsat bilip annemi defalarca aldattı. Hiçbir şey yapamadım biliyor musun? Çaresizlik neymiş o zaman öğrendim ben. Kardeşime sahip çıktım. Anneme sahip çıkmaya çalıştım. Babam annemi her aldattığında daha da çıkmaza girdim. Sırf annem daha kötü olmasın diye, üzülmesin diye babama müdahale edemediğim için kendimden nefret ettim. Tutunacak bir dal aradım, bulamadım. En zor zamanlarımı tek başıma atlattım ben. Kimse de yoktu yanımda. Dedem bana sahip çıktı; ama olanları bir ben biliyordum. Geceleri yastığımı ısırarak ağladığım geceleri ben biliyorum Miraç, ben biliyorum..." dedi ve ağlamaya başladı.

O an hiçbir şey yapamadım. Sarılamadım bile. Çünkü sarıldığımda hafifletebileceğim bir acı değildi bu. Zümra'nın hayatının tam olarak merkezine yerleşmiş, köklü bir acıydı.

Hayat ne zormuş. İnsanlar ne kadar kötüymüş. O an bir kez daha anladım.

Zümra biraz da olsa kendine geldi ve bana, "Kendi öz babam bile annemi aldatmışken, hangi elin oğlu beni adam gibi sevebilir ki mantığıyla adım attım hep hayatımda. Sana da bu şekilde yaklaştım. İnsan hayatta öyle şeyler görüyor, öyle şeyler yaşıyor ki sonrasında ne kimsenin güvenine ne de samimiyetine inanabiliyor. Yapabildiği tek şey ikilemde kalarak yaşamına devam etmek oluyor. Yaşıyor mu, yaşamıyor mu belli olmuyor. Benim hayatımın çınarı dedem. Onu çok seviyorum. Öz babamdan görmediğim maddi manevi her türlü desteği o adamdan gördüm. Çok şanslıyım, onun gibi bir dedem olduğu için çok şanslıyım." dedi.

Sonra "Senin deden yaşıyor mu?" diye sordu.

"Ben ne babamdan babalık ne dedemden dedelik gördüm. Onlar tarafından hep hor görüldüm. Senin deden çok güzel bir insanmış, sana ev olmuş, baba olmuş, dede olmuş. Sahip çıkmış. Benimkiler beni atmaya çalıştı hep. Babam, annemle bizi terk edince, benden de adam olmayacağı düşüncesine kapıldıkları için anneme yıllarca beni yuvaya vermesi için baskılar yaptılar. Sahip çıkmak nerede... Boş ver sen beni, hadi geç oldu. Gel seni eve bırakayım artık."

Tebessüm ederek "Hastasın ama?" dedi.

"Ciddi olamazsın, gerçekten mi? Yeni mi geliyor aklına bu?"

"Uğraşma benimle ya, hadi kalk." dedi ve parktan ayrıldık.

O akşam Zümra'yı evine bıraktıktan sonra, o soğuğun acısını iki gün sonra güzel bir şekilde hastalığımın baskısına iyice yenik düşerek çektim. Tüm bunlara değer miydi sorusu hep aklımda cevapsız kaldı.

Ama değmesini isterdim. Çünkü değmeyecek insanlar için kendimi çok tükettim.

Değer mi değmez mi hiç bilmiyorum ama umarım değer dedim.

O kadar çaresizdim ki sadece bunu diyebildim.

Gerekirse ikimizin yerine de severim. Yanında başkası olmadığı müddetçe istediğin yere, istediğin kadar git. Ben yine istemediğin kadar sana gelirim. Tam orada seni yine ilk günkü gibi severim...

"İkimizin Yerine" diye bir film vizyona girdi. Bu filmi izlemeyi uzun zamandır bekliyordum.

O sıralar da zaten vizyondaki tüm filmleri yalnız başıma izliyordum. Sinemada yalnız başıma film izlemek o zamanlar vazgeçilmezim olmuştu diyebilirim. Hatta yalnız gittiğim tüm filmlerin biletlerini bir kavanozda biriktirdim. Hayatıma girecek olan kadın karşıma çıktığında, birlikte izlememiz gereken filmleri bana yalnız başıma izlettirdiği için tatlı bir şekilde hesap sorma gibi bir düşüncem vardı. Biletleri hâlâ da saklıyorum.

Sinemaya gitmeyen, kitap okumayı sevmeyen, bisiklete binip nereye gittiğinin önemi olmaksızın pedal çevirmeyi sevmeyen insanları oldum olası sevmedim, sevemedim. Bunları sevmeyen bir insanın gerçekten sevebileceğini düşünmüyorum. Kitap okumayı sevmeyen bir insanın seveceğine katiyen inanmıyorum zaten. Çünkü içinde duygu olan bir şeyleri sevmeyen biri, insanı da düzgün bir şekilde sevemez.

Sinemada film izlemeyi, bisiklet sürmeyi ve kitap okumayı seven insanların seveceğine inandım hep. Hele ki kitap okumayı çok seven bir insan zaten güzel ve özel seviyordur. Ben bunu bilir, bunu söylerim.

İkimizin yerine diyebileceğim her şeyi tek başıma yapıyordum. Okuduğum kitabımı yanıma alıyor, Büyükçekmece sahile iniyor, çimlere uzanıp kitap okuyor, kulaklığımı takıp bisiklet sürüyordum. Bunları tek başıma yapsam da bana huzur veren şeylerdi. Ama varlığını hissettikçe mutlu olduğum, gözlerine baktığım her an yeniden âşık olduğum kadınla yapsam bana kattığı mutluluk başka olurdu.

Bir gün yine Büyükçekmece sahilinde otururken yaşlı bir amcayla teyzeyi yan yana yürürken gördüm. Teyze diyorum çünkü teyze diyebileceğim kadar yaşlıydı. Teyzenin ellerindeki papatyalar dikkatimi çekti. Onları o hâlde mutlu bir şekilde gördüğümde o kadar çok mutlu oldum, öylesine huzur doldum ki... Hâlâ sevginin hakkını veren insanların olduğunu bilmek beni mutlu etmişti. Gerçekten sevginin hakkını veren insanlar kuytu köşede de olsa bir yerlerde mutlaka biz denk gelmesek de vardı. Var olduğuna ara sıra tanıklık etsek de yine de bunu bilmek yetiyordu bize.

Kendi adıma konuşayım, yemin ediyorum sevginin hakkını veren bir Allah'ın kuluna denk gelmedim. "Sen çok mu veriyorsun sanki?" diye sorarsanız, evet veriyorum. Verdiğim için elimde avucumda bir şey kalmıyor zaten. Sevmenin hakkını verdiğim kim varsa, ısmarladığım her kahveden sonra hatır bırakacağı yerde, bana düşman kesildi. Sevmenin hakkını verdiğim için elimde avucumda bir şey kalmadığından ben de iki kişinin yaşayacağı, ikimizin yerine diyebileceğim ne varsa kendi yerime ve tek başıma yaşamaya çalıştım. Eminim ki bu kitabı okuyorsan, sende sevginin hakkını sonuna kadar verenlerdensin.

Çünkü bu kitap, sevmenin hakkını sonuna kadar verip aşkta hakkı yenenlerin kitabı...

Film vizyona girdiği ilk gün izlemeye gittim. Hiç unutmuyorum 16.45 seansıydı. Sinema salonu sevgililerle doluydu. Aralarında yalnız olan bir tek ben vardım, diyebilirim. Salonda o kadar çiftin arasında sinema görevlisi gibi hissetmiştim kendimi. Elimde sadece fener eksikti yani.

Filmdeki Çiçek karakterinin: "Aşk birinin eline dolu bir silah verip sizi vuracağı anı beklemekten farksızmış." diyerek içinde bulunduğumuz durumu fazlasıyla özetlediğini fark ettim. Gerçekten de öyle değil mi ama? Şöyle bir düşünün, önümüzde bir silah var. Şarjörüne mermileri kendi ellerimizle doldurup silahı dolu bir şekilde sevdiğimiz insana teslim etmiyor muyuz? Onun bizi vuracağı ana kadar habersizce ve çaresizce sevmiyor muyuz? Ondan gelecek mermiye bile sarılacak kadar çok seviyoruz hem de. Asıl katil kendimiziz aslında, bilmiyoruz. Bile bile intihar ediyoruz. Buna da aşk diyoruz.

Zümra içinde bulunduğu durum yüzünden aramıza duvarlar örüyordu. Ben ördüğü duvardan bir taş aldığımda, o yerine üç taş koyuyordu. Ki haklıydı da. Yaşadıkları katlanılması kolay şeyler değildi. Ama kendime de hak vermiyor değildim. Bence iki insanın birbirini sevme ve mutlu olma ihtimali acılarının oranıyla alakalı. Aynı acıları yaşamış iki insan sevmeyi de, mutlu etmeyi de çok iyi bilir. Şimdi yaşadığı şeylere karşı ona baskı da yapmadım, üzerine de gitmedim. Bencil bir insan değildim. Asla da olamazdım. Kendi kabuğuma çekildim. Bazen kendi kabuğuna çekilmek iyi gelir. Her şeyin ve herkesin sesini kısıp yalnızca kendini dinlemek insana en iyi gelen terapidir. Ben de biraz kendi kabuğuma çekilerek kendimi dinledim.

Kendimi dinlerken bile Zümra'yı çok sevdiğimi fark ettim.

"İkimizin Yerine" filmini izlediğimi öğrendikten sonra, Zümra da merak ettiğini ve gitmek istediğini söyledi. Ben de: "Gidelim birlikte." dedim.

"Ee ama sen izlemişsin."

"Olsun, ikimizin yerine yine izlerim." dedim, güldü.

Onu yalnız bırakmamak için ve birlikte vakit geçirmek için filme yeniden Zümra'yla gittim. Çünkü çok özlüyordum. Kolay kolay vakit geçiremiyorduk zaten. Doğru dürüst konuşmuyorduk bile.

Filmin bir bölümünde, Çiçek âşık olduğu edebiyat hocasına derste;

"Seni düşünmek güzel şey,
seni düşünmek ümitli şey.
Dünyanın en güzel sesinden,
en güzel şarkıyı dinlemek gibi bir şey..."

Şiirini okudu. Ben de tam şiiri okuduğu anda şöyle yan gözle Zümra'ya baktım. Tam da o esnada bakışlarını bana çevirdi. Çok kısa bir an göz göze geldik. O an en sevdiğim şiir bu olmuştu. Filmden sonra Zümra'yı eve bıraktım.

Zümra beni kendine öyle bir bağlamıştı ki, ya da ben mi bu kadar bağlanmak istedim bilmiyorum ama bildiğim tek bir şey vardı, hiç kimsenin yanında bu kadar huzurlu ve heyecanlı hissetmemiştim. Bunun altında yatan sır da aynı acılara sahip olmamızdı sanırım.

Babasızlığın, yokluğun ve eksik büyümenin ne denli acı ve ağır olduğunu en az benim kadar o da çok iyi biliyordu. Bende aynı acıları yaşayan iki insan birbirini güzel sarar, güzel sever düşüncesiyle sevdim.

Bir akşam habersiz bir şekilde iş çıkışına, çalıştığı yere gittim. Çalıştığı yerden aldım ve kahve içmeye gittik. Zümra kahveyi orta içti. Bense sade.

Kahveleri söyledikten sonra "Ee küçük hanım, bu kahveyi benimle içmeyi kabul ettiğine göre kırk yıl hatırımı çekmeyi göze almış olmalısın." dedim.

Gülerek "Allah korusun." diye cevapladı. Bu cevabı beni de güldürdü.

"İşler nasıl gidiyor?" diye sordum.

"Sürekli ayakta olduğum için yoruluyorum. Zaten geçen gün işten çıkıyordum, bırakmadılar."

"Haberim yok bundan. Neden işi bırakacaktın?"

"Sıkıldım ya, gelen kadınların egolarını, afra tafralarını çekemiyorum gerçekten. Bir de kozmetik mağazasında çalıştığım için gelen kadınların geneli egoist ve ukala oluyor. Ben de bir yere kadar dayanıyorum artık, napayım."

"Sen yine iyi çalıştın orada ama."

"Evet, öyle oldu. Eğer işi bırakabilirsem kendime ve kardeşime vakit ayıracağım. Annemle bile eskisi kadar görüşemez olduk. Sevdiklerimle arama mesafe girince tuhaf hissettim biraz."

"Sen de haklısın. Yaşına göre yine pes etmemiş her şeye rağmen mücadele etmişsin."

"Etmek zorundaydım. Kardeşim için, annem için... Her şey yaş değildir ki hem. Benim atlattığım badirelerin bana vermiş olduğu ağırlığı da var sayarsak şu anda kendimi otuz yaşında hissediyorum."

"Her şeyin yaş olmadığını ben de biliyorum. Senin yaşındaki kızlar genelde böyle olgun olamıyorlar hâliyle. O yüzden dedim."

"Ee Shakespeare, 'İnsanı yaşı değil, yaşadıkları olgunlaştırır.' demişler. Bunu sen, benden daha iyi biliyorsun." dedi gülerek.

Sonra "Ee sen anlat, hakkında kahveyi sade içmen ve Beşiktaşlı olman dışında başka hiçbir şey bilmiyorum. Ne yersin, ne içersin, ne seversin, ne sevmezsin bilmiyorum. Kitap yazmak dışında uğraştığın başka şeyler de var mı?"

" Valla hakkımda bir şey bilmemen senden kaynaklı biraz. Bunca zaman geçti, beni tanımak isteyen insan onca boşa geçen günlerin birinde beni bir sahil kenarında karşısına alıp kahvesini yudumlayarak hikâyemi dinleyebilirdi."

"Öyle bir gayem yoktu. Seni tanımak isteyeceğimi düşünmedim hiç."

"Zümra, sen ne düşündün bana söyler misin ?"

"Senin dışında her şeyi."

"Kırıcı olmuyor musun?"

"Gerçekleri neden kabullenmek istemiyorsun?"

"İnsan olduğum için. Gerçeği kabullenmemek insanın mayasında var."

"Mayası gerçeği kabullenen bir adam olsaydın, belki tanımayı düşünebilirdim."

Bense gerçekten hiçbir şekilde bu muhabbeti uzatmamak için yalnızca "Peki, Zümra." diyebildim.

Kısa bir an sessiz kaldıktan sonra, "Zümra sana sadece tek bir soru soracağım. Aklında ve hayatında hiç mi bana ait bir yer yok? Yani bunca zaman geçti, hiç mi yer edinemedim sende?" diye sordum.

"Miraç, hayatıma birini alma sorumluluğunu kaldırabileceğimi sanmıyorum. Belki de bunu şu an en iyi sen anlarsın."

Ben de içimden kendi kendime, "Beni de en güzel sen sevmezsin." dedim.

"Bak Zümra, belki bana ve duygularıma inanmıyor olabilirsin, hak veriyorum. Ama hayatımın en değerli kadınını, yani annemi şimdi arayarak sana beni anlatmasını isteyebilirim. Hayatta beni en iyi tanıyan kadın annemdir. O anlatsın gerçek beni sana. Belki aramıza ördüğün şu duvardan üç beş taş eksilir. Ne dersin?"

"Olur, ara."

Aradım biliyor musunuz? O akşam annemi aradım ve Zümra'ya gerçek beni anlatmasını istedim. Hangi erkek yapardı bunu bilmiyorum ama benim o an aklıma geldi ve bunu yaptım. Zümra'dan anneme önceden bahsetmiştim birkaç kez. Konuştuğumuzu biliyordu yalnızca.

Telefonda bir saat kadar konuştular. Konuştuktan sonra Zümra bana: "Neden annene benden bahsettiğini söylemedin?" diye sordu.

"Sen bana bir adım, yalnızca bir adım atsaydın, bende sana ait daha başka nelerin olduğunu çok net görebilirdin. Ama hiç istemedin ki, sen bana gelmeyi hiç istemedin..."

Ben bunları söyledikten sonra Zümra lavaboya gitti ve ben oturduğu sandalyenin köşesinde saçının telini gördüm, o saçı peçeteye sarıp cüzdanıma koydum.

Sonra hesabı istedim ve kalktık. Biz kalktıktan sonra Zümra'yı Elif diye bir arkadaşı almaya geldi. Elif de benim okurlarımdan biri çıktı iyi mi! Kız beni görür görmez şok oldu. Zümra belli ki benden Elif'e söz etmemişti. Ayaküstü biraz muhabbet ettik.

Elif, "Ben sizin 'Bana Seni Seviyorum Deme, Hissettir' kitabınızı okumuştum. Gerçekten sevginin nasıl hissettirilmesi gerektiğini çok güzel anlatmışsınız." dedi gülerek.

"Birileri aylar geçmesine rağmen birisinden en yakın arkadaşına dahi söz etmezken, birisi birilerini annesine anlatıyor Elif. Bu da bir hissettirme biçimidir. Sevdiğini hissettiren insanlara denk gelmen dileğiyle..." dedim ve tanıştığıma memnun olduğumu söyleyip yanlarından ayrıldım.

Kafam kazan gibi olmuştu o akşam. Gider gitmez duş alıp güzel bir uyku çekmenin hayalini kurarak eve geçtim. Yanlarından ayrılalı iki-üç saat olmuştu. Duş alıp yatağıma geçtim. Tam o esnada Zümra'dan mesaj geldi. Mesajda, "Sanırım bu akşam biraz fazla geldim üzerine. Özür dilerim." yazıyordu.

Cevap vermedim. Sabah olduğunda günaydın mesajı da atmadım. Aylar geçti ya, aylar. Bir sene olacaktı neredeyse. Sen beni en yakın arkadaşına bile anlatma, bahsetme. Ben gideyim seni anneme şöyle güzel bakıyor, böyle güzel gülüyor diye dillere destan anlatayım. Safım ben ya, koca bir saf.

Bir süre Zümra'yla konuşmadık. Zaten ben arayıp sormadığım zaman o beni pek merak etmiyordu.

Günlerden perşembeydi. Akşam saatlerine doğru Zümra beni yine geçenlerde buluştuğumuz parka çağırdı. Sesi iyi gelmiyordu. Parka gittiğimde onu yine uzaktan izledim biraz. Yerde tek bir noktaya gözlerini sabitlemiş öylece bakıyordu. Yanına gittim beni görür görmez hemen ayağa kalkıp ağlayarak bana sarılmaya başladı. O an ben de ona şaşkınlıkla sımsıkı sarılarak karşılık verdim. Ve tam o sırada bana: "Miraç annem üçüncü evre meme kanseriymiş." dedi ve ağlamaya başladı. O an olduğum yerde donakaldım. Nereden baksanız beş dakikaya yakın sadece sarılarak öylece kaldık.

Yine bir çıkmaz sokak, yine bir çaresizlik söz konusuydu. Zümra'yı biraz sakinleştirdim ve aynı parkta, yine aynı bankta oturduk. Bir müddet hiç konuşmadık. O an ikimiz de yerdeki sabit bir noktaya bakakaldık.

"Ben üzülmeyeyim diye annem bana hiçbir şey söylememiş. Bir yıldır herkesten gizli tedavi oluyormuş. Beni de bu yüzden ihmal etmiş hep. Bana da dedem söyledi. Hiçbir şey konuşamadım, olduğum yerde kaldım öyle Miraç. Ne yapacağım ben şimdi? Ya annem de giderse? Ya o da bırakırsa bizi, ne yaparım ben, ne yaparız biz? Hadi beni geç diyeceğim dilim varmıyor ama beni boş ver, ya kardeşim ne olur? Ne derim ben ona Miraç? Ne derim?"

"Yahu hemen olumsuzluğa kapılma sen de bir dur, işin aslını öğrenelim ilk önce. Bir yıldır tedavi olduğuna göre, detayları annenden öğreneceksin. Allah seni bu acıyla sınıyorsa vardır bir bildiği. Her zaman umut vardır. Annenle konuş sen, tedavisi ve hastalığı tam olarak ne durumdaymış, öğrenelim. Ona göre hareket ederiz. Hem bak ne olursa olsun ben yanındayım senin. Bunu öyle laf olsun diye falan değil, gerçekten içimden gelerek ve hissettiğim için söylüyorum. Yanındayım..."

"İnşallah anneme bir şey olmaz. Yoksa biterim ben."

"Dua ederim annen için. En güzel ilaç duadır. Hadi seni eve bırakayım, annenle ve dedenle konuş. Buna ihtiyacın var." dedim ve Zümra'yı eve bıraktım. Zümra'yı bıraktıktan sonra eve dönerken mahallede dedesi Haşmet amcayla karşılaştık.

Bana doğru geldi ve "Nasılsın, Miraç oğlum?" diye sordu.

"İyiyim Haşmet amca, Zümra'yı eve yakın bir yere bıraktım şimdi ben de eve dönüyorum."

"Zümra bu ara hiç iyi zamanlar geçirmiyor. Sen de onu yalnız bırakmıyorsun. Bunu bende görüyorum. Sen iyi bir çocuksun, onu üzme. Alttan alıver her şeyini."

"Sen merak etme Haşmet amcam, elimden geldiği kadar yanında olduğumu hissettirmeye çalışıyorum ben."

"Hadi oğlum, tutmayayım ben seni. Kendine iyi bak, iyi akşamlar."

"Size de iyi akşamlar Haşmet amca." dedim. Aramızda kısa bir konuşma geçmişti ama Haşmet amcanın da üzerinde fiziksel olmayan bir yorgunluk olduğu bariz belli oluyordu. Daha fazla oyalanmadan eve geçtim. Yine bir müddet Zümra'yla görüşmedik. Kendini toparlaması için hem ona hem de kendime biraz zaman verdim. Gerçekten çok zor bir durumdu bu.

Hayat öyle bir şey ki kiminden alıp kimine veriyor. Kiminin babası yok, kiminin annesi. Kiminin de hiç kimsesi yok. Annesine bağlı biri olarak kendime her zaman, "Anneme bir şey olursa ne yaparım ben?" sorusunu sormuş, bu soruyu cevapsız bırakmışımdır. Hayatım boyunca her şeye karşı dik durmaya çalıştım. Bazen yıkıldım, kimseye belli etmedim. İçim kan ağlarken dışarıya gülücükler saçtım. Ama yine de içimde olup bitenleri ve yıkıldığımı kimseye belli etmedim. Öyle olmak zorundaydı çünkü. İçinde kopan fırtınaları yüzündeki acı dolu gülüşler bastırmak zorundadır. O yüzden güzel gülen insanlar, çok acı gizler içinde. İçin acı dolu, gülüşün çok güzel...

Sen on yedi yaşımsın.

Bir Pamuk Şekeri İnsana Bu Kadar Acı Gelebilirdi.

Günlerden cumartesiydi. Öğlen saatlerine doğru sevdiğimin yanına gitmeyi düşündüm. Onu çok özlemiştim. Öğle yemeği zamanında o boşluğu yakalayıp görmek istedim. Zümra'nın en sevdiği şey pamuk şekeriydi. Ona pamuk şekeri alıp yanına gitmek için yola koyuldum. Zümra'nın yanına giderken arkadaşı Elif bana mesaj atmıştı.

"Merhaba Miraç, öncelikle Zümra'nın yanında seni gördüğüm akşamdan beri bu mesajı sana atıp atmamak arasındaki kararsızlıkla kendimi yiyip bitirdim. Ve en sonunda sana bu mesajı atmaya karar verdim. Nasıl başlasam bilmiyorum, bilmen gereken şeyler olduğunu düşünüyorum. Bunlardan en önemlisi, Zümra seni hak etmiyor.

O akşam Zümra'ya nasıl baktığını gördüm. Onu ne kadar güzel sevdiğin bakışlarından belli oluyordu. Kalbini geçtim, bir adam bir kadını bakışlarıyla bile bu kadar özel sevebilir mi sorusunun cevabını bana Zümra'ya olan bakışın verdi. Sen gerçekten çok özel ve çok güzel bir adamsın. Senin gibi sevebilen bir adama denk gelmek için kaç sahaf gezdim say say bitiremem. Karşılaştığımız akşam Zümra'nın senden bana bahsetmemesiyle ilgili söylediğin şeyle alakalı bir şey söylemek istiyorum. Evet Zümra bana senden hiç söz etmedi. O akşam yanınıza onu almaya gelmemiş olsaydım kim bilir ne zaman haberim olacaktı. Kitabını okuduğumu söylemiştim, o kitapta birebir benim yaşadıklarımı ve acılarımı yazmışsın. Aldatıldığını yazmışsın. Bu acıyı çok iyi bilirim. Ben de aldatıldım biliyor musun? Dört yılımı verdiğim, uğruna varımı yoğumu döktüğüm adam, kendi gözümle görmesem asla inanmayacağım biriyle aldattı beni. Çok zor zamanlar geçirdim. Antidepresanlar, ilaçlar, psikolog seansları ve birçok şeyin yapamadığı şeyi senin kitabın başardı. Beni ayağa kaldırdı. Benim acılarımın antidepresanı senin kitabındı. Kitabını okuduktan sonra dedim ki bu acıları yaşarken gerçekten yalnız değilmişim. Bir nevi düştüğüm yerden bana el uzatıp beni ayağa sen kaldırdın. Sana bir teşekkür borçluyum. Şimdi anladım ki çok seven gerçekten hep kullanılıyor bu hayatta. O kitapta yaşadıklarını yeniden yaşama diye bende sana bunları söylemek istedim.

Zümra'nın çok sevdiği bir çocuk vardı. Adı da Meriç'ti. Meriç üniversiteyi kazanmadan önce birlikte çok vakit geçirdiler. Ama uzun süre vakit geçirmeleri Meriç'in Zümra'yı sevmesine yetmedi. Zümra'nın sevgisine hep üzerek, yıpratarak karşılık verdi.

Biz kadınları bilirsin, kalbimizde bir adam söz konusu olunca gözümüz hiçbir şeyi görmez. Meriç, Zümra'yı bir türlü sevemedi. Hatta sevdiği başka biri vardı. Zümra'ya sevdiği kızı anlatıyordu. Zümra bana aralarındaki bazı şeylerden söz ediyordu. Sevdiği kız için Zümra'nın omzunda ağladığı bile olmuştu.

Söylemeyi istemezdim ama ikiniz de kaybedenler olarak hak etmeyenlere oynamışsınız. O sevdiği adama. Sen Zümra'ya... Çok acı bir durum anlayabiliyorum.

Zümra Meriç'i severken kendini unuttu. Meriç, ona hak etmediği şeyler yaşattı. Tek avuntusu da Meriç'in ona aldığı şal oldu. Nereye giderse gitsin, o şalla gitti. Meriç'e olan aşkının anlamını o şala yükledi. Zümra o şalı bir nevi Meriç'e olan aşkının simgesi hâline getirmişti.

Zümra'nın hak etmediği şeyler yaşaması, bunların cezasını sana kesmeye hakkı olduğu anlamına gelmez. Bir insan kırıldığı ve yıprandığı zaman yaşadıklarının aynısını karşısındakine yaşatması gerekmiyor. Ama üzülerek söylüyorum ki, aylarca onu kazanmak için mücadele etmişsin, çabalamışsın ve en önemlisi beklemişsin. Bu çok anlamlı ve çok değerli bir şey. Sevmesine herkes sever, ama kimse bekleyemez. Sen onu çok beklemişsin. Ama Zümra senin beklediğin duraktan geçmez be Miraç.

Bu mesajı sana attığımdan Zümra'nın haberi yok. Haberi olmasa iyi olur. Olursa da canın sağ olsun. Bu kadar güzel bir adamı aylarca yorup, görmezden gelip, kendisini hak etmeyen ve olmayacak bir şeyin ardından inatla peşinden giden, aklının ve kalbinin başkasında olduğunu sana söylemeyip, her şeyi saklayan bir arkadaş benim bu saatten sonra hayatımda olsa ne olur, olmasa ne olur. Senin doğru insan olduğunu bilmesine rağmen yanlış birinin peşinden gidip seni hiç eden biri, senden her şeyini saklayan biri, kim bilir benden bile daha neler saklıyordur. Kim bilir ileride bana neler yapar. Zümra'nın seni hak etmediği konusunda bana onun hakkında bilmediğin gerçekleri öğrendiğinde katılacaksın. Geç olmadan seni uyarmak istedim. Bunca zaman geçti ama zararın neresinden dönersen kârdır. Numaranı Zümra'nın telefonundan aldım, bir daha seni rahatsız etmem merak etme. Hatta numaranı şimdi de silerim. Kendine iyi bak olur mu? Senin gibi güzel seven ve hayatta hiçbir şeyin duygulardan daha önemli olmadığını savunan adamlara ihtiyacımız var. Allah yolunu açık etsin, gönlüne göre olanı yaşaman dileğiyle..."

Elif'in attığı mesaj bende şok etkisi yaratmıştı. Dondum kaldım. Yani o an ne yapabilirdiniz ki? Yapabileceğiniz tek şey bir müddet sadece olduğunuz yerde kalakalmak olurdu herhâlde.

Zümra'nın bu mesajdan, Elif'in de şal olayından haberi yoktu. Yani bana yolladığı mesajda Zümra'nın şalının bende kaldığına değinmediğine göre bariz bilmiyordu. Bilmesin de zaten, bu rezilliğimi ve çaresizliğimi bir de o bilmesin. Zümra'nın zaten ilk olarak şalı bana sormasından belliydi. O zaman anlamıştım ben zaten o şalın kendisi için manevi bir değeri olduğunu. Ama bu kadar ağır bir şeyle karşı karşıya kalacağımı tahmin etmezdim.

Şöyle bir düşünün, sevdiğiniz kadına veya sevdiğiniz adama ait olduğunu düşündüğünüz bir şeye sırf ona ait ve sırf o kokuyor diye sarılıp uyuyorsunuz. Ve sonra o sarılıp uyuduğunuz şeyin sevdiğiniz insanın âşık olduğu insan tarafından kendisine alınan bir hediye olduğunu öğreniyorsunuz.

Şimdi kitabı okumayı bırakın ve bir dakika boyunca şu acıyı içinizde bir yaşayın. Beni de anlayın.

Ben sizin yerinize bu acıyı yaşadım. Allah da başka kimseye yaşatmasın. Toparlanması güç bir olaydı benim için.

Zümra'nın yanına gittiğimde hiçbir şey belli etmedim. Kalbimde yine sıcak bir acı oluşmuştu o gün. Ve ben kalbimdeki o sıcak acıyla onun tebessümü olabilmek için yanına gitmiştim. Hak etmediğini bildiğim hâlde...

Hiçbir şey belli etmedim ona. Yani onun yanında unutuyordum her şeyin telaşını ve acısını. Özlediğimden midir nedir, onu görünce ve kendimi yanında hissedince her şey silinip gitmişti aklımdan. Bir an unutmuştum her şeyi. Ama bu Elif'in söylediklerini değiştirmedi. Hissettiğim bu huzur, kısa ve yeniden uyumaya çalışınca devamını göremeyeceğim bir rüyaydı.

Elif'ten duyduklarım daha ağır bastı. Ama yine de tek bir şey söylemedim. Çünkü bazen içinize attığınız o acı gerçekleri, bir de karşınızdakinin dilinden duymanız gerekir. Bu sizi ikinci defa yaralar ama içinize attıklarınızı teyit etmiş olursunuz. Ben Zümra'nın kendisinin bana bir şeyleri anlatacağı zamana kadar hiçbir şey söylemedim.

Öğle yemeği arasında yemek yediği yere gidip karşısına oturdum. Yemek yiyordu. "Afiyet olsun." diyerek karşısına oturdum.

"Teşekkür ederim, hoş geldin. Sen yedin mi yemek? Aç mısın?"

"Ben yiyeceğimi yedim, aç değilim teşekkür ederim. Pamuk şekerini sana getirdim bu arada, seversin."

"Ya neden zahmet ettin, çok teşekkür ederim." dedi gülerek.

Benim kalbim cenaze eviydi, ama onun yüzü papatyalarla dolu bir bahçe olmuştu o an.

"Zümra ben sana bir şey soracağım ama ne zamandır unutuyorum, o akşam maçta kaşım kanadığında bana verdiğin şalı nereden aldın?" diye sordum. Ve bu soruyu sorar sormaz mimikleri ve yüz rengi değişti. Ve şaşırarak "Neden soruyorsun ki?" diye cevap verdi.

"Rengi çok hoş, sıcak da tutar hem o. Malum kış aylarındayız. Ben de onun aynısından anneme almayı düşünüyorum da. O yüzden sordum."

"Evet, sıcak tutuyor, bana onu annemin eşi hediye olarak almıştı"

"Seni sıcak tutmuş zaten o belli. Nereden aldı acaba, bende annem için böyle bir şal arıyorum. Neyse, bakarım artık."

"Ya Miraç, bir şey soracağım ama yanlış anlamanı istemiyorum." dedi endişeli bir şekilde.

"Tabii, sor." dedim merakla.

"Senin hiç arkadaşın yok mu? Neden benden uzaklaşmıyorsun? Neden onlarla vakit geçirmiyorsun mesela?" Zümra'nın bana sorduğu bu soruyla aklıma direkt Cemal Süreya ve Tomris Uyar'ın hikâyesi geldi.

"Sen Tomris Uyar ve Cemal Süreya'nın hikâyesini biliyor musun?"

"Hayır."

"Bak sana anlatayım. Cemal Süreya her akşam işten çıktıktan sonra hemen eve Tomris'in yanına damlıyormuş. Bir gün Tomris Uyar, Cemal Süreya'ya biraz gez dolaş, arkadaşlarınla buluşup vakit geçir demiş. Bu konuşmadan bir gün sonra Cemal Süreya eve geç gelmiş. Ertesi gün de, ondan sonraki gün de eve geç gelmiş. Bu bir müddet böyle gitmiş. Böyle giden akşamların birinde örtü silkelemek için pencereyi açan Tomris, apartmanın girişinde oturan Cemal'i görmüş ve gerçeği anlamış."

"Gerçek neymiş ki?"

"Cemal Süreya her akşam iş çıkışı yine eve geliyormuş ama eve girmeyip, aşağıda apartman girişinde oturup biraz gecikiyormuş. Bunu öğrenen Tomris Uyar bu duruma 'Şahsiyet Rötarı' adını vermiş."

"Peki, bunun sana sorduğum soruyla ilgisi ne?"

"Senden uzaklaşmamı bekleme. İlle de uzaklaş diyorsan, ben senden Cemal Süreya'nın Tomris Uyar'la arasına koyduğu mesafe kadar uzaklaşabilirim."

"Kapımda mı beklerdin?"

"Evimizin kapısında beklerdim."

"Sen de benim Şahsiyet Rötarım olurdun yani?"

"Bir nevi."

Yemeğini yedi, pamuk şekerini de alıp işe geri döndü. Bende tek başıma biraz oturup düşündüm. İçinde bulunduğum durum öyle bir labirentti ki içinden çıkılacak gibi değildi. Bende çıkamadım zaten.

Bütün bu olanlar yüzünden çıkmaz bir sokağa girmiştim. Bu sokakta attığım her adımda Allah'a dua ettim. Bu durumu bir o çözerdi sadece. Kalpler yalnızca Allah'ın elindeydi, ben de Zümra'nın kalbini Zümra'dan değil, Allah'tan istemiştim. Bu acı ve çaresizlik benim başımda olduğu sürece bu sokakta ne kadar gidebilirdim bilmiyorum. Bu acı bir başkaydı ya. Daha önce başıma hiç böyle bir şey gelmemişti. Geçip karşısına bu olanları da anlatamıyordum. Elif bana mesajdan Zümra'nın haberi olsa da, olmasa da fark etmez gibisinden konuşmuştu ama yine de Zümra'ya Elif'in anlattıklarından bahsedemezdim.

Uzun bir süre, günü gelince öğreneceğim bir detay olursa muhakkak karşıma çıkar zaten diye avuttum kendimi.

Tüm çabalarıma rağmen tek başıma sevdim biliyor musunuz? Hem de aylarca. Her gün iki kişilik sevdim. İkimizin yerine sevdiğim için kalbim zaman zaman çok yoruluyordu. Ama yılmadım, yıkılmadım. İkimizin yerine sevdiğim her gün dimdik ayaktaydım. Her şeyi içime attım. Pes etmedim. Vazgeçmedim. Aylarca tek başıma savaştım. Onu kazanmak için kendimi kaybettim, gururumu kaybettim. Mücadele ettim. Ben onu, onun bana yaşattığı imkânsızlıklara ve ona rağmen sevdim.

Uğruna her şeyi karşınıza alacak kadar sevdiğinizde kolay vazgeçemiyorsunuz. Onu sevmeyi mi bu kadar çok seviyorsunuz, yoksa bu acının sizde oluşturduğu bağımlılığı mı bilmiyorsunuz ama her zerresini istiyorsunuz. Tek taraflı sevmek kadar kötü bir şey yok bu hayatta. Acıların evreleri vardır bilirsiniz. Benim acım kaçıncı evredeydi bilmiyorum ama hissettirdiği işlevi çok büyük hasarlara yol açmıştı içimde. Her gün çalıştığı yere gittim, belki görürüm diye evinin olduğu sokağa gittim. Belki oturduğumuz banktadır diye her zaman buluştuğumuz parka gittim. Havuçlu, tarçınlı keki çok severim. Sırf onu görme bahanesiyle kaç defa havuçlu, tarçınlı kek yapıp o bahaneyle iş yerine gittim.

Bir film izlediğimde sonra onunla da izleyebileyim diye not aldım. Bir şey tattığımda onsuz olmasın diye her seferinde bir parça ona da ayırdım. Ama inançtı bu. Histi. İçimden gelmese asla olacak şeyler değildi. Ama içimden geldi, bende hepsini yaptım.

Ben onu, onsuz sevmeye alıştım. Bu da beni ayrı yıpratmıştı. Gün geçtikçe bu acıların katlanılamaz ve dayanılamaz bir hâl aldığını fark ettim. Lakin tek taraflı sevmekten başka bir şansım yoktu. Üzerime düşeni fazlasıyla yaptım. Eğer Elif'in anlattıkları doğruysa benim günlerim ve aylarım boşa gitmişti. Ki bir kadın sevdiği adamı kalbine hapsedip, tüm kapıları kilitleyip anahtarı da denize atmışsa o adam gibi sevemez hiç kimseyi. O hiç kimse burada tam olarak ben oluyordum sanırım.

Oysa ben hiç kimse olmak değil de onunla bir gün vakit geçirdikten sonra kokusunun her yerime sinmesini isterdim. Mutlu olmak için bununla bile yetinirdim.

Hayatımın En Ağır Acısı...

Zümra'nın annesi, Meltem abla kanserden dolayı ameliyat oldu. Doktorlar Zümra'nın ailesine Meltem ablanın masada kalacağını söylemişlerdi. Ama yine de Meltem abla ameliyat olmayı kabul etmiş, başarılı bir ameliyat geçirmişti. Sabahlara kadar Zümra'nın annesi için dualar ettim. Çünkü o kadına bir şey olsa Zümra'yı hepten kaybedecektim. Ki çok şükür bir şey olmamıştı. Bir insanın hayatında annenin ne denli önem taşıdığını bilirsiniz. Hayatında annesinden başka tutunacak dalı olmayanlar bu detayı çok daha iyi bilir. Buna ben de dâhilim.

Ameliyat günü Zümra'nın yanına tam olarak gidemesem de ameliyathanenin önünde onu gördüğümde Meriç'in aldığı yani kaşıma dikiş atıldığında bana verdiği o şal vardı. Zümra beni gördü ve hiç tepki göstermedi. Ben de yanlarına kalabalık oldukları için gidemedim. Çok kısa bir süre sonra ne oldu biliyor musunuz? Beni hayattan koparan haberi aldım. Bu haberi aldığımda iç organlarım sökülene kadar ağladım. Zümra biraz zaman geçtikten sonra beni her zaman buluştuğumuz parka çağırdı. Sesi hiç iyi gelmiyordu. Hatta ağlıyordu diyebilirim. Bende annesine bir şey olduğundan şüphelenerek hemen parka gittim. Ben parka gittiğimde o şal yine Zümra'nın boynundaydı ve her zaman oturduğumuz bankta çok kötü bir şekilde ağlıyordu. Hemen yanına gidip telaşlı bir şekilde "Ne oldu Zümra? Annene mi bir şey oldu yoksa?" diye sordum.

Ağlamaktan cevap veremedi bir süre. Sonra hıçkırarak; "Artık görüşmesek daha iyi olacak Miraç." dedi. Ve ben olduğum yerde kaldım.

Kekeleyerek "Ne? Nasıl? Zümra ne diyorsun sen?"

"Duydun işte, ben artık seninle görüşmek istemiyorum. İkimiz için de en iyisi bu. Seni de kendimi de daha fazla üzmek istemiyorum."

Ben de gözlerim dolu bir şekilde "Zümra seni bu düşünceye iten ne oldu? Ne yaptım ben sana da kopmak istiyorsun benden böyle? Ben senin düşmanın değilim, bir şeyin değilim. Ne zararım dokundu benim sana? Neden böyle bir şey istiyorsun şimdi anlamıyorum. Seni seviyor olmam seni rahatsız ediyorsa söyle, seni sana belli etmeden ve uzaktan severim. Ama benden kopma ne olur." dedim.

Her hıçkırdığında ciğerimden bir parça sökülüyordu sanki.

"Düşmanım olarak görmedim seni hiçbir zaman. Aksine, sen çok iyi bir adamsın ama doğru olan bu. Ki hiçbir zaman bana zararın da dokunmadı. Ama ben artık seninle hiçbir şekilde görüşmek istemiyorum. Lütfen beni daha fazla zor durumda bırakma. Bak yoluna, daha iyi insanlar ve seni, senin gibi güzel seven birileri çıkacaktır muhakkak karşına. Benden hayır yok sana. Ben sana acıdan başka bir şey sunmam."

"Zümra benim adıma kararlar vermeyi bırak. Söyleyeceğin hiçbir şey beni senden koparamayacak. Buna izin veremem. Ben sana günlerimi, aylarımı verdim. En önemlisi kimseye vermediğim kalbimi verdim. Tutmadığın hâlde ellerimi verdim."

"Miraç lütfen beni zorlama, numaramı falan sil, bir daha konuşmayalım. Hakkını helal et. Benden yana helal olsun. Sen etmezsen de senin o güzel canın sağ olsun." dedi ve arkasını dönüp giderken o esnada ona ağlayarak şunları söyledim.

"Seni ilk gördüğüm o akşam, kaşım yarıldığında bana öyle bir merhametle yaklaştın ki şimdi bu acımasızca gidişi sana yakıştıramıyorum. Zoruma gidiyor anlıyor musun? Yaptığım her şeyi görmezden gelmen, beni senden her seferinde vazgeçmek zorunda bırakır gibi davranman zoruma gidiyor. Şimdi sende gidiyorsun, en çok da zoruma bu gidiyor. Bak seninle tanışalı bir yılı aşkın bir zaman oldu. Bu dile kolay gelse de uzun bir zaman. Bu zaman zarfında ellerini bile tutmadım. Seni bir kez olsun öpmedim. Çekildim köşeme, seni sensiz sevdim. Saçının teli kırılsa kendime dert edindim. Sen yanımda yokken alıştım ben senin her şeyine. Sana en çok ihtiyacım olduğu zamanlarda sen yanımda yokken bile sana hiç kızmadım. O yokluğuna bile binbir türlü anlamlar yükledim. Arkadaşlarım bana deli gözüyle baktı. Vazgeç dediler, sana başkası mı yok dediler. Bunca zaman seni sevmedi, bundan sonra mı sevecek dediler. Ama ben vazgeçmedim. Yine de senden kopmayı istemedim. Sevmesin, onun yerine de ben severim dedim. Ve bırak senden vazgeçmeyi istemeyi, bunu aklımın ucundan bile geçirmedim. Ben senin bende bıraktığın o eksik yanı bile çok sevdim. Hayatımda hiç âşık olmadım ama sana çok kötü bağlandım ben. Kördüğüm oldum. Seninle hiçbir şey yaşamadığım ve paylaşmadığım hâlde sen benim hayatımın ilkisin. Çünkü bazı ilkler her zaman yaşanmaz. Bazen bir sevdiğin bir insana karşı ilk defa hissettiğin duygular da ilkin olur hayatında. Ve sen benim ilkimsin. Kimin sonu olmaya gidiyorsun bilmiyorum ama seni böylesine sevip, hayatında seni ilki yapan adamın neden ve nereye gittiğini bilmeye hakkı var. Sevmemeni geçtim. Bana neden gittiğini söyle. Zaten yoktun, böyle zar zor idare ediyordum. Şimdi hiç olmayacaksın, ne yaparım hiç bilmiyorum. Neden ve kime gittiğini bilmeye hakkım var Zümra."

Bunları ağlayarak Zümra'ya o akşam nasıl söylediğimi görmeliydiniz. Ben bile kendime acımıştım. Ben tüm bunları söylerken bana sırtı dönük şekilde durdu ve sadece ağladı. Ben bunları söylerken bile Zümra'nın her ağlama sesinde daha kötü oldum. Canım acırken bile onun acıyan canını düşünüyordum.

Abarttığımı düşüneceksiniz belki ama gerçekten böyleydi. Ben ona boşuna ilkimsin demedim.

O benim hayatımın ilkiydi ve öyle kalacaktı. Bir insanın ilki olmak öyle kolay değildir.

Bunu da en iyi hayatında ilk defa en güzel ve en temiz duygularıyla seven bilir.

Zümra iyice ağlayarak bana "Ben başkasının oldum." dedi. Ve bunu der demez Zümra'nın elinden göğsümün tam ortasına bir ok yemiş gibi oldum.

Ben öyle bir ağladım ki kendimi tutamadım. Hayatım boyunca o akşam ağladığım kadar hiçbir şekilde ve hiçbir yerde ağladığımı hatırlamıyorum. Ağlamaklı ve çaresiz bir ses tonuyla "Kimin?" diye sordum.

"Annem hastanedeyken üvey babam nefsine yenik düşüp zorla bana sahip oldu. Direnemedim, kendimi savunmayı başaramadım. Ben yaşamayı hak etmiyorum. Bu yüzden ne senin, ne annemin, ne de ailemin yüzüne bakmaya yüzüm yok. Aynada kendimi görmeye bile tahammülüm yok. Lütfen bu olaydan kimsenin haberi olmasın. Annem daha yeni ameliyat oldu. Durumu henüz netleşmedi. Duymasını asla istemiyorum. Sen beni çok bekledin, sabrettin, çabaladın ama ben seni sevemedim. Kolay bir şekilde beni unut demeyeceğim ama unutmaktan başka çaren yok. Beni kendin için unut." dedi ve bir müddet ağlayarak sırtı bana dönük bir şekilde öylece kaldı.

Ben de tam bankın önünde dikiliyordum ve bunları duyunca sinirlerim boşaldı, banka oturup öylece Zümra'nın sırtına bakakaldım. Bir müddet sustuktan sonra ona "Peki, neden sana zorla sahip olan birinin aldığı şal hâlâ boynunda?" diye sordum.

Ve daha ağlamaklı bir sesle "Hoşça kal." deyip gitti. Size bir şey söyleyeyim mi, o park benim mezarlığım, oturup kaldığım bank da musalla taşım olmuştu. Tüm acılarım, sevinçlerim, üzüntülerim, kırgınlıklarım ve daha bir sürü şey sadece ve sadece bir hoşça kala sığdırıldı.

Böyle bir şey nasıl olur? Nasıl benim sevdiğim kıza üvey babası sahip olur? Ben Zümra'nın böyle bir şeyi yaşadığına mı üzüleyim? Yoksa bana veda etmeye boynunda sevdiği adamın aldığı şalla gelmesine mi üzüleyim?

Size tüm samimiyetimle söylüyorum hayatım boyunca böyle bir çıkmaza girdiğimi hiç hatırlamıyorum. Bu benim hayatımda başıma gelen en kötü acılardan biriydi. Girdiğim en çıkmaz sokaktı.

O süreci yaşarken benim her gün içim kan ağladı. Gözlerim ayrı, kalbim ayrı ağladı.

Aylarca kendimi eve kapattım. Yemeden içmeden kesilip on beş kilo verdim. Hiçbir şekilde dışarıya çıkmadım. Saçım sakalım birbirine girdi. Abartmıyorum evden dışarı tek adım atmadım. Atamadım. İçimden gelmedi.

Ne zaman bir çift görsem bir köşeye çekilip ağlamamak için kendimle savaştım. Ama kan ağlayan kalbime hiçbir şey yapamadım.

En yakınımdaki insanlar bana ulaşamadı. İnsanlarla zaten uzaktım, o zamanlar hepten uzaklaştım. Hiç kimseyle en ufak bir şey konuşmadım. Ben bu acıyı nereye gidersem gideyim hep içimde sakladım. Ta ki bu kitabı yazana kadar.

Bu olanlardan haberdar olan Zümra'nın annesinin hastalığı daha çok ağırlaştı ve bu olanlar onu hayattan kopardı.

Zümra'nın annesi hayatını kaybetti. Hangi anne böyle bir acıyı kaldırabilirdi ki? Siz bir annesiniz ve kızınıza evli olduğunuz adam sahip oluyor. Böyle bir iğrençliği kim kaldırabilirdi? Hem de yeni ameliyat olmuşken ve başında böyle ağır bir hastalık varken. Bu hem sizin kadınlığınıza ihanet hem de namusunuza sürülmüş bir lekeydi. Zümra'nın annesi ölünce ben de çok üzülmüştüm.

Bütün bu olanları yaşarken hayatımın en kötü döneminden geçiyordum.

Allah'a sığındım. Gidecek ne kimsem ne de bir yerim kalmıştı.

Zümra annesinin ölümünden sonra Malatya'da dedesinin evi olduğu için dedesi ve anneannesiyle Malatya'ya yerleşti.

Aylarca çaresiz bir şekilde düşündüm. Elim kolum öyle bir bağlıydı ki kimsenin yardımı bu kördüğümü çözüp beni bu acıdan kurtaramazdı. En sonunda başına gelen bu olay onun isteğiyle olmadı ki, yani onun suçu değildi sonuçta diyerek Zümra'ya olan tüm duygularımı bir kitapta toplayıp, o kitabı bastırıp Malatya'ya giderek Zümra'nın karşısına çıkmaya karar verdim. Elif'ten Zümra'nın Malatya'daki evinin adresini rica ettim. Ve Zümra'ya bir şey söylememesini tembihledim.

Zümra için yazdığım kitabın adını "İlk Kalp Ağrım" koymuştum. Ve kitabın kapağında da Zümra'nın fotoğrafı vardı. Kitapta onu ilk tanıdığım günden bu yana hissettiklerimi ve duygularımı yazdım.

Ben Malatya'ya gitmek için uçak bileti aldıktan bir gün sonra hava yolu şirketi Malatya uçuşunu iptal etti. Ben de bileti iptal etmek yerine Malatya uçuşumu Elazığ uçuşuyla değiştirdim. Günlerden çarşambaydı. Malatya uçuşu iptal olduğu için uçakla Elazığ'a indim. Elazığ'dan Malatya'ya otobüsle iki saat içinde geçtim. Malatya'ya vardığımda akşam olmuştu.

Bir otele yerleşip yarın olmasını bekledim. Gece uyumadan önce Zümra'ya yazdığım kitabı sonuna kadar okudum. O yüzden biraz geç uyudum. Geç uyuyunca da hâliyle uyandığımda öğlen olmuştu. Neyse, ilk buluştuğumuz gün Zümra'yla Galata'nın altındaki çay bahçesine giderken giydiğim kazağımı giyip hazırlandım. Kitabı da alıp çıktım. Evin adresini biraz zorlansam da sonunda bulmuştum. Dedesi beni tanıyordu diye adresteki mahalleye girince kalbim yerinden fırlayacak gibi oldu. Ve ben tam o sırada Zümra'yı bir erkekle evden çıkarken gördüm. Onlar beni fark etmedi ama arkalarından bir onlara baktım, bir de çıktıkları eve baktım. Ve baktığım evin camında Zümra'nın dedesi Haşmet amcayı gördüm. Tam cama baktığım esnada Haşmet amcayla göz göze geldik ve bana bekle geliyorum der gibi bir işaret yapıp yanıma geldi. Zümra'nın beni görmemesi için mahalleden çıkıp Haşmet amcayla bir parkta oturduk.

Haşmet amca beni görünce bayağı şaşırmış gibiydi.

Cevabını bilmezmiş gibi "Hayırdır Miraç oğlum, senin ne işin var burada? Hangi rüzgâr attı seni buraya?" diye sordu.

Hani canı çok acır da o acımayla hafiften tebessüm eder ya insan, ben de canımın yanmasıyla, acılarımla hafiften tebessüm ederek "Kalbimdeki çaresizliğin rüzgârı beni buraya kadar getirdi

Haşmet amca. Ama ben boşuna savrulmuşum gördüğüm kadarıyla." dedim.

"Zümra çok zor toparlandı. Yaşadığı şeyler hiç kolay değildi, sen de biliyorsun. Ve anneannesiyle ben onun toparlanması için çok uğraştık. Çünkü bizim en değerli varlığımız Zümra'dır. Benim şu anda evli olduğum Fatma teyzen benim ikinci eşim. Zümra'nın annesi Meltem ilk eşimdendi. Ve ben Fatma'yla evlendikten sonra çocuğumuz olmadı. Fatma, Zümra'nın öz anneannesi değil ama öz olsalar birbirlerini bu kadar severler yani. İlk eşimi ve kızımı kanserden kaybettim. Bu benim için hiç kolay değil ve hâlâ alışmaya çalışıyorum. Bu hepimiz için zor bir süreç. Anladığım kadarıyla senin için de. Ben seni çok iyi anlayabiliyorum oğlum. Ama bazen vazgeçmesini de bilmeli insan. İnsan belli bir noktadan sonra olmayacağını gördüğü zaman vazgeçmeli. Vazgeçmek ağır yüktür, herkes taşıyamaz. Çok iyi bilirim. Zümra'nın şu an hayatında Meriç diye bir çocuk var ve ikisi şu an çok mutlu. Meriç de çok iyi bir çocuk. Zümra beni hayatında hep babası gibi gördü ve her şeyini yalnızca bana anlattı. Annesinin bilmediği şeyleri bile. O yüzden senin de daha fazla üzülmeni istemiyorum. Daha gençsin, yakışıklısın da, senin için ve Zümra'nın mutluluğu için vazgeçmen en iyisi olacaktır. Bak bizim Fatma'yla çocuğumuz olmadığı için Fatma çok üzülüyordu. Ve Fatma'nın en sevdiği çiçek sardunya çiçeğiydi. Ben de saksıya onu ektim ve çiçeğin çıkacağı ana kadar ona bahsetmedim. Çiçek çıktığı zaman saksısıyla Fatma'ya götürüp bir yavrumuz olmadı ama bu senin en sevdiğin çiçek, istersen bu bizim yavrumuz olabilir demiştim. Güzel sevmek böyle bir şeydir evlat. Kimi zaman mümkün olmayan bir şeyi o insanın yüzüne vurmaktansa, o insanı mutlu etmenin başka yollarını da düşünmeli. Senin de Zümra'yı mutlu etmek için yapabileceğin tek şey bu sevdadan vazgeçmek. Ben güzel güzel sevmiş bir deden olarak, senin güzel sevdiğine ve seveceğine şahidim."

Haşmet amca bunları bana söylerken gözlerim dolmuştu. Ve ne söylerse hiçbir şekilde araya girmeden anlattığı her şeyi dinledim. Hiçbir şekilde bu söylenenlerin üzerine bir şey söylemedim. Söylemek istemedim. Çünkü bir şey değişmeyecekti. Benim bu aşkta üzerime düşen tek şey vazgeçmekti, ben de vazgeçtim.

Ah be on yedi yaşım, her gün girip çıktığım
evimin kapısının numarası bile on yedi.
Şimdi ben seni nasıl unutayım?
Neresinden tutayım bu hayatın? Nasıl yaşayayım?
Hiçbir şey sonsuza kadar sürmezmiş. İnsan canından çok sevse de günü geldiğinde seve seve de vazgeçermiş.

Seve seve vazgeçerek evime geri döndüm. Ve Elif'i arayıp bu olanları biliyor muydun diye sorduğumda, "Evet biliyordum, seni uyarmıştım ama yine de Zümra'yı beklemekten vazgeçmedin. Ben de gidip yaşamanı istediğim için hiçbir şey söylemedim." cevabını aldım.

Kısa bir süre sonra Elif bana olan aşkını itiraf etti. Ama bu aşk bana değil, benim Zümra'ya olan aşkımaydı. Benim hiçbir şeyime âşık değildi yani. Zümra için yaptığım her şeyi, her kadın hayatındaki erkeğin kendisi için yapmasını isterdi. Elif de bunu çok iyi analiz ettiği için benimle olmak istedi, kabul etmedim.

Zaten kalbim ölülerle dolu bir mezarlıktı. Şimdi bir yenisi daha yani Zümra eklendi.

Geçirdiğim iki senem bana zehir oldu. Bu yüzden kalbimin kapısına kilit vurdum. Hayatıma da kimseyi almadım. Bırakın hayatıma kimseyi almayı, kimseyle konuşmadım bile. Zümra'ya yazdığım "İlk Kalp Ağrım" isimli kitabı da eve döndüğümde gözyaşlarım eşliğinde yaktım. Bu defteri de kapattım.

Çok acı çektim. Hem de inanılmaz acı çektim. Her sabah gözlerimi açtığımda Zümra'yı eskisi kadar düşünerek uyanmadığımın farkına vardım. Şu anda bulunduğum nokta hayatımın geri kalanıydı diyerek kendime yeni bir defter açtım. İlk sayfasına da:

Bir daha kimseyi hak ettiğinden fazla sevmeyeceksin yazdım.

Ben Zümra'dan vazgeçtikten üç ay sonra Meriç trafik kazasında öldü. Ve o an annemin şu sözü geldi aklıma:

"Eğer Allah iki insanı birbirine yazmadıysa iki cihan bir araya da gelse o iş olmaz. Ama Allah tarafından iki insan birbirine yazıldıysa buna hiçbir Allah'ın kulu engel olamaz."

Özün Eşittir Gördüğün.

Kötüsünüz. Öyle bahsettiğiniz gibi merhamet sahibi de değilsiniz. Şu iyi insan profillerinizden eser yok. Bahsetmekten kaçınmadığınız şu "vicdan" var ya, işte o evet... Vicdan yoksunluğundan öleceksiniz farkında değilsiniz. Ben iyi bir insanım rolü yapmaya devam ederek kendinizi ve kendiniz gibileri kandırabilirsiniz. Merhamet sahibi olmayan bir insan, vicdan ve merhamet sahibi bir insanın gözünü boyayamaz. Ve bilmelisiniz ki fazlasıyla nankörsünüz. Görmeniz gerekenleri görmezden gelip, görmemeniz gerekenleri kendinize hayat standardı yapıyorsunuz. Yahu kendine sevgiyle, merhametle ve huzurla gelen bir insanı kırarak geri çeviren kim vicdan sahibi olmuş? Kim merhametli olmuş? Yapabildiğinizin en iyisi ne biliyor musunuz? Kırmak, yıkmak, dökmek, parçalamak. Hiç gerek olmadığı hâlde ziyan etmek. Bir insanın kalbini kırmak size göre çok basit bir olay. Kalbin kırılmasının ne demek olduğunu, kalbinizde kırılmadık yer kalmadığı zaman anlayacaksınız. Ama keşke bu noktaya gelmeden anlayabilme düşünce yapısına sahip olsanız. Üstelik bencilsiniz de. Hayatta sizin doğrularınızdan, sizin duygularınızdan ve sizin düşüncelerinizden iyisi ve önemlisi yok değil mi? Konuyu daha fazla uzatmak istemiyorum. Bencillik söz konusu olunca benim sinir katsayım artıyor.

Neyse, uzun lafın kısası: Kötüsünüz.

Hem de özünüzde bile. Bu da her şeyi özetliyor zaten.

İnsanın özünü, gördüğü yansıtır.

Kalben Yoruldum, Vicdanen Dinlendim.

Siz nasıl severseniz sevin, nasıl değer verirseniz verin, karşınızdaki insanın aynı şekilde sizin çabalarınızın ve ona verdiklerinizin aynısını size sunmasını beklemeyin. Bu kırar ve aynı zamanda yorar. Beklentilerin karşılanmadığı takdirde insanı bir hayli yıprattığını hepimiz biliyoruz. Ancak bildiğimiz hâlde beklentilerimizin karşılanmasını da istiyoruz. Üzülüyoruz ama hiç önemi olmuyor. Haklı da olsak, haksız da olsak, karşımızdakinin elle tutulur bir yanını arıyoruz. Yani, yeniden ona inanmak ve güvenmek için kendimizi yiyip bitiriyoruz resmen. O insan yüzünden çekmediğimiz acı kalmasa da hayır diyoruz, hayır...

Muhakkak güvenilir bir yanı var. Elle tutulur bir yanı var diyoruz.

Hiçbir şey bulamasak da sevdiğimiz gerçeği var, buna yenik düşüyoruz.

Bu da bizi oldukça çok üzüyor.

Benim de en büyük hatam neydi biliyor musunuz? Karşıma çıkan herkesi kendim gibi zannetmemdi. Ben bu huyumdan oldum olası vazgeçemedim. Hani insanın devamlı kanmaktan vazgeçemediği ve tutunmaktan başka dalının olmadığını düşündüğü o "bir umut" cümlesi vardır ya, sonrasında yıkıldığı... İşte, ben de tıpkı böyle vazgeçemedim. Tutunmam gereken tek dalım olduğunu düşündüğüm, kanmaktan kendimi alıkoyamadığım o canı cehenneme "bir umut" cümlesi yaktı beni de her seferinde. Beni ruhen ve kalben yorsa da bir diğer yandan vicdanımı dinlendiriyordu. Çünkü karşıma çıkan bitkisel hayata girmiş, duygu ve his namına en ufak bir belirti vermeyen insanların kalplerinin kıpırdaması ve duygularına kavuşmaları için elimden gelenin fazlasını yaptım. Bu da beni bir yerden sonra yorsa da diğer bir taraftan da dinlendirdi... Bu lütuf da Rabbimdendi.

İnsanın insanla sınandığı bu hayatta, insanın insandan başka seveni olmayacağını, insanı insandan başka kimsenin anlayamayacağını kimseye aşılayamadım ya bana da yazıklar olsun.

Herkesi senin gibi zannettim.
Affet beni kalbim, tüm suçlu benim.

Kalp Atıyorsa Umut Vardır.

Her zaman söylerim, kırdığının farkında olmayan insanları sevmeyin, onlar yalnızca üzmeyi bilir, sevmeyi değil. Bir insan kendi yaptıklarını görmezden gelip, sürekli sizin kusurlarınıza odaklanıp ve devamlı eksikliklerinizi dillendiriyorsa o insana tokat gibi vereceğiniz tek cevap, onu yokluğunuzla terbiye etmektir. Bu en güzel cevap olur ona. İnsanın vicdan terazisi her zaman eşit olmalı. Sadece kendini düşünüp karşısındakini darda bırakmaya yoktur hakkı. O kalbin alınırsa ahı, sonra sormazlar mı bunun hesabını?

Tamam insan kendini de düşünmeli ama karşısındakini zor durumda bırakacak şekilde değil. Kendini düşünme sınırının bencillik boyutuna geçmesine asla müsaade etmemeli. Ne yazık ki gördüğüm herkes bencilliklerinin içinde boğulurken, bir de kendilerini haklı görme ve savunma çabaları var. İşte tam da bu durumda yorum yapacak bir şey yok.

Geçmişinizde hak etmediğiniz acıları yaşamış olabilirsiniz. Hayatınıza aldığınız insanlar konusunda yanlış seçimler yapmış olmanızın faturasını diğer insanlara kesmeyin. İncinseniz de incitmeyin. Kırıldınız diye kırmak yerine, sevmek istediğiniz kalbin üzerine titreyin.

Ufak önlemler alın, acı çektiniz diye gidip duygularına sadık olan insanın ahını almayın.

Peygamberimizin sözünü size hatırlatayım: "Umut verip güven aşılayıp da yarı yolda bıraktığın insanın gönül sadakasını iki dünyada da veremezsin."

Kalbinizi veremeyeceğiniz insanlara umut vermeyin.

"Kırdığının
farkında olmayan insanlara
iki çift lafım var;
gün gelecek
siz de kırılacaksınız.
Hem de tam bizi kırdığınız
yerden..."

Gönül Ahı

Aldığın gönül ahımla nereye kadar gidersin bilmiyorum. Ancak hiç kimsenin, yaşattığını yaşamadan ölmeyeceğini çok iyi biliyorum.

Sana beddua etmiyorum; ama beni düşürdüğün duruma sen de düş, hatta böyle inceden düş.

Yaşattıklarını yaşattığın kadar kendin de yaşa isterim. Vicdan yoksunu değilim.

Bak, tüm samimiyetimle söylüyorum: Kötülüğünü asla istemem.

Ama canımı yaktın ya, senin canın da yansın. Diyeceğim o ki ne az ne çok... Ne eğri ne doğru... Tam ortası... Sadece yaşattığın kadarını yaşa.

Fazlası sana zarar, bana günah.

Bana yaşattıklarını sen de yaşa, bu bana yeter.

Sana Adım Attım.

Yerime başkasını koy diye sevmedim ki ben seni. Mutluluğuma mutluluk, acıma acı ol diye sevdim. Mutluluğuma mutluluk olmanı geçtim, acıma acı olsan bununla da yetinirdim. Sen onu bile yapmadın. Acım bile olmadın. Senin hayatında tercihlerinin daima dışında kaldım.

Beni hiç etti görmezden gelişlerin ve hiçe sayışların. Senden gelecek acıya bile razıydım. Yoktu hayatında hiç kimseden bir farkım. Farkım olmadığını gördüğüm her an çok acıdım.

En güzel yanılgım neydi biliyor musun? Seversin sandım, kandım. Sevmedin, kanadım.

Ne zaman karşıma çıksan, dizlerim hep yara bere içindeydi.

Ben yine de sana adım attım.

Yerime koydukların da yerine başkalarını koysun.
Beni o zaman anlarsın.

Eksikler

Eksiklikler, insana hissettirdiği ağırlığa göre bölümlere ayrılır. Bazı eksiklikler vardır, tamamlanması kolaydır. Hemen tamamlar yoluna bakarsın. Ancak bazıları vardır ki tamamlamak için elinden gelen her şeyi yapsan yine tamamlayamaz öylece kalırsın. İki adım öteye gidemezsin yani. En çok da bu zoruna gider. En kötüsü de sen eksik bir şekilde olduğun yerde sayarken, tamamlanan her şey senin gözüne gözüne girer. Bunu gördükçe de bu durum seni daha çok üzer.

Üzülürsün ama elinden sadece bu gelir. Her insanın hayatında belli başlı şeyler eksiktir biraz. Hiçbir şey tam değildir. Kiminin babası yoktur, o konuda eksiktir. Kiminin annesi, kiminin ailesi, kiminin sevgilisi, kiminin sağlığı... Uzun lafın kısası, her insan eksiktir biraz.

Zaten hayat eksiklikler üzerine yaşanır. Ancak kimse bilmez, insan bununla sınanır.

Sınandığın şey de belki senin eksik parçandır.

O yüzden eksikliğinle sınandığını unutma. Tamamlan onunla.

Benim ne eksiğim var dedikten sonra kafamda oluşan listenin ilk sırasında sen yer alıyorsun.

Güven Tek Kullanımlıktır.

Güvenmek istiyor insan güvenmek. Sevgili olmasa da olur. Gözünü kapattığında tüm yorgunluğunu, tüm acılarını, tüm yükünü unutup, güvendiği insanın yanında kendisine rastlamak istiyor. Bir insanın olmazsa olmazlarından olmalı karşısındakine güven vermesi ve aldığı güvene sahip çıkması. Ama görüyoruz ki kimsenin ne güven vermek işine geliyor, ne aldığı güvene sadık kalmak, ne de sahip çıkmak... En kötüsü de güven verdiğini zanneden ve bizim güvenmek için kendimizi zorladıklarımızın bizi yorması... Yoruyorsa zaten uğraşmayın, değmez. Bir insana güvenmek için kendinizi zorlamayın. Zaten öyle bir an gelir ki baktığınızda o insana güvenirken bulursunuz kendinizi. İşte uğraşacaksanız böylesi için uğraşın. Gerisi yorar.

Niyeti belli olan insanlardan zarar gelmez. Ancak niyetinin ne olduğu belli olmayanlardan uzak duracaksın.

Allah bizi güven vermeyenlerden değil de güven veriyormuş gibi yapanlardan korusun.

Kaybetmekten Korkarak Sevenlere...

Şu hayatta en büyük aptallığım beni kaybetmekten korkmayan insanlar için varımı yoğumu ortaya dökmek oldu. Bilirsiniz, sevginin en güzel hâlidir kaybetmekten korkarak sevmek. Tatlı bir korku barındırır içinde. Bu duyguyu sevilen değil, kaybetmekten korkarak seven bilir. Ara ara kalbin sıkışır böyle, hafif acı verir. Nefes almakta bazen güçlük çeker insan. Ama bunlar tatlı acılardır. Asıl acıyı kaybetmekten korktuğun insan korktuğun şeyi başına getirerek yaşatır.

Sonra o tatlı duygular taşıması zor acılara dönüşür. Sonra taşı taşıyabilirsen...

Size bir sır vereyim; kimseye kaybetmekten korktuğunuzu belli etmeyin. Çünkü korkunuzu söylediğiniz her ne varsa onu önünüze getirip yaşatıyorlar. İnsanlara zayıf yönlerinizden hiçbirini söylemeyin. Sonra bunun bedelini en ağır şekilde ödemek zorunda kalıyorsunuz.

Ben söylediğim için ağır bedeller ödedim. Ve artık kimseye ne korkularımdan bahsediyorum ne de endişelerimden.

Her şeyi içimde saklıyorum. Çünkü artık en iyisi bu.

Altından kalkamam dediğin ne varsa altından kalktığında, ben bunu hak etmedim dediğin her şeyi yaşadığında, göğüs kafesinde minik bir serçe gibi çırpınan kalbin gün gelip sadece kan pompalamaktan başka bir şey yapmadığında söylediklerimi anlayacaksın.

Oysa ben sar diye açmıştım sana yaralarımı.

Biraz daha kanat diye değil.

Acınacak Hâle Düşmemek İçin Acıma

Sonra anladım ki aşk bana göre bir şey değilmiş. İnsanlar gerçekten tüm kalbiyle sevemezmiş. Ön yargılı olmak istemiyorum ama yolum kiminle kesişse hep bir çıkmaz sokağa girdim.

Toparlanması zor darbeler aldım. Bunun iki açıklaması olabilirdi. Ya ben çok saftım ya da insanlar çok acımasızdı.

Zaten sevilmem de imkânsızdı. Çünkü ne zaman sevmek istesem ufak mutluluklarım hep acılarıma sızdı. Ve insanlar da ayrı bir acımasızdı.

Acımasızlara acıdığımız için acıyan olduk hep...

Güven

Bu kelime çok başka bir gezegen. Basitlik, sıradanlık ve farkındasızlık hiç bu kelimeye göre değil. Güvenin olduğu yerde her şey yolunu bulur bu hayatta. Aşka da, saygıya da, sevgiye de giden yol güvenden geçer. Güvenmediğiniz bir insanı hayatınıza alamazsınız. Almak isterseniz de bunu başaramazsınız. Güven vermek bir insanın kalitesiyle orantılıdır. Güven vermek istemeyen insan kendi kalitesini düşürür. Ya da kaliteye hiç sahip olmamıştır. İnsanlar yaptıklarıyla söylediklerinin çok farklı dünyalar olduğunu net görüyor ve yaşıyorum. Bir insan sözünün eri değilse, en ufak bir şeyde bir şeyleri onarmak yerine kestirip atmayı tercih ediyorsa, o insan benim gözümde hiçtir. Acizdir, bahanecidir. Yolu sonuna kadar açık olsun. Hiçbir zaman sevilmeyecektir. Benden size dost tavsiyesi; seviyor musunuz? Güven verin. Âşık mısınız? Güven verin. İnsan mısınız? Güven verin. Güven vermediğiniz hiçbir şeyin karşılığını alamazsınız. Güven her şeyin başında gelir. Ve şunu da aklınıza yerleştirmeyi unutmayın, güven tek kullanımlıktır.

Güven kaybedildiğinde kazanılmıyor.
Hayat kısa, kalp kırıldığında onarılmıyor.
Zaten bu hayatta hiçbir şey kırmaya değmiyor.
Anlamanız ve idrak etmeniz dileğiyle...

“Oysa biz de
çiğ süt emdik;
ama
nankörlük damarımız
tutmadı hiç.”

Mucize Dedikleri Şey Allah'ın Ol Dedikleridir.

Hastalıklar kapımı erken çaldı. Beş yaşıma kadar hastanelerde yattım. Yoğun bakımlarda geçirdiğim günler oldu. Ağır hastalıklardan kurtulamadım. Yakamı bırakmayan havale hastalığı bana çok çektirdi. O yaşta beni öldürecek kadar ağır bir yükle bindi omuzlarıma. Daha dün gibi hatırlıyorum alnımda yatan buz gibi bezleri

Hayatımda bu zamana kadar yendiğim şeylerin başında hastalıklar yer alıyor. Ama ben pes etmemişim. Allah da araya mucizelerini sokunca nihayetinde anneme bağışladı beni. Ve şu an bulunduğum yerden kafamı kaldırdığımda sadece anneme değil, birçok insana bağışladığını görebiliyorum.

Mucizelere o yaşta inandım. Bu da Allah'ın sayesinde oldu. Hak etmediğim ağır bedeller ödedim. Hem de o yaşımda. Bir çocuk sadece çocukluğunu yaşamalı. Hak etmediği acılara, her şeyin farkında olarak tüm olanlara alışma çaresizliğine itilmemeli. Bunları kendim için söyleyebilmeyi o kadar çok isterdim ki. Ama hiçbir şeyi değiştiremeyiz. Kabullendim.

Ne enkazlar yatar "Kabullendim." cümlesinin altında. O cümlenin altında yatan enkazları, hayatında görebileceği en acı şeylere tanık olmayan kimse göremez.

Evet yaşayamadığım bir çocukluğum var. Bunu baba bile diyemediğim o adama borçluyum. Onun hakkında buraya çok güzel şeyler yazabilmeyi o kadar çok isterdim ki... Ama hayat bırakın bana nasihatlerini dinleyebilmeyi, hakkında güzel şeyler yazabileceğim bir baba bile nasip etmedi. Ama bu acı beni öldürmedi, aksine daha da güçlendirdi...

Telaşlanma.
"Allah kimseye kaldıramayacağı yük vermez."
(Bakara Suresi 286. Ayet)

Kalite Kontrol

Kendimiz eksikken başkalarını tamamlama çabalarımız nereye kadar sürecek bilmiyorum. Ama böyle gidersek çok ciddi hasarlara yol açacağız. Açalım açmasına problem değil de, ondan sonrasını da kendimiz hallediyoruz. Yani kırıldığında ya da yıkıldığında senin toparlanman için hiç kimse sana yardımcı olmuyor. İyilik yaptığın ve ayağa kaldırdığın insanların dahi umurunda olmuyorsun. İşte o zaman anlıyorsun insanların gerçekten vefalı olmadığını. Ve bu hayatta her ne yaparsan yap, gerçekten tam olarak kendine yapıyorsun. Yaptığın iyilikleri, verdiğin değerleri, sunduğun sevgileri gözünün önüne getir. Vicdan tartında bir tart, sonra hepsini incele. Eğer aralarında bunlardan bir tanesini bile hak etmeyen varsa derhâl onu hayatından çıkar. Yeter ki sen iyi ol. Sen iyi olmadığın zaman bu hayatta hiçbir şey iyi değil. Oysa sen iyi olduktan sonra "Su akar, yolunu bulur." misali ya aşağı ya yukarı her şey yolunu bulur. Sen kendini ve benliğini kaybetme. Her şeyin bilincinde ol. Hayatına almak istediğin ve alacağın insanı iyi seç. Hepimizin mutluluğu bir şekilde hayatımıza dâhil edeceğimiz şeylerin kalitesiyle orantılı. Bu bir insan olsa bile.

En büyük hatayı kendimiz eksikken başkalarını tamamlamaya çalışarak yaptık.

Bencil Olmayın, Âşık Olun.

Düşündüğünüz her zaman kendi duygularınız ve düşünceleriniz oluyor. Kendi menfaatlerinizi önemsediğiniz kadar önemsemiyorsunuz hiçbir şeyi. Oysaki bu hayatta menfaatten, çıkardan daha önemli şeyler de var. Bunu hiçbir zaman anlayamayacak olmanıza tüm benliğimle üzülüyorum. Ama elimden geleni yaptıysam da başarılı olamadım. Verdiğim her bir çabanın boşa olduğunu görünce ayrı bir dağıldım. Dağıttınız. Zaten toparlamak da gelmedi aklınıza. Toparlamayı bırakın, dağılmam bile önem taşımadı. Belki boşuna çabalıyorum, belki nefesimi boşa tüketiyorum. Yine söylüyorum, sizin mutluluğunuz için fedakârlık yapan ve sırf yüzünüzde oluşacak en ufak bir tebessüm için çabalayan birilerini üzüyor olabilirsiniz. Tam da şu anda.

İyi düşünün.

Kendi mutluluğunu, menfaatlerini ve düşüncelerini bir kenara bırakıp her zaman sizi önemseyen, sizin mutluluğunuz için çaba sarf eden insanları yerle bir ettiniz. Sormazlar mı bunun hesabını size?

Elbet sorarlar.

Sormalılar...

Allah'a Bıraktım Ferahlığı.

Aşka olan inancımı yitirdim. Uzun zamandır "Artık hiç kimsenin beni gönülden seveceğine inanmıyorum." mantığıyla sürdürüyorum hayatımı.

Hayatımda tersine giden birçok şey var. "Allah'a bıraktım." rahatlığıyla çok şükür tüm acılarımın üstünü örtüyorum. Rabbime bırakmamın ferahlığıyla yaşıyorum.

Zamanında değer verip insan yerine koyduklarım beni öyle bir yere getirdi ki artık karşıma çıkan doğru insana bile güvenmekte güçlük çekiyorum. Hayatta en nefret ettiğim ve tahammül sindirimimi yavaşlatan tek şey, ön yargı olmuştur her zaman. Bakın şurada bir anlaşalım. Ön yargılarınızın sizi ele geçirmesine izin verdiğiniz zaman kendinizi kaybetmişsiniz demektir. Ön yargılarınızın size yön vermesine izin vermektense yaşadıklarınızı ve yaşamak istediklerinizi siz yönetin. Şimdi dümene geçin. Belki hayatınızın en güzel zamanını ve anını ön yargılarınız yüzünden kaybediyorsunuzdur? Siz yine de bu yazıyı okuduktan sonra bir düşünün. Geçmişinizde yaşadığınız acıların faturasını, karşınıza çıkan her insana kesemezsiniz. Buna da hakkınız yok zaten.

Benim de zamanında çok canım yandı.
Hatta değmeyecek insanlar için sesim kısılana kadar gözyaşı dökmüşlüğüm var. Ama dönüp karşıma çıkan hiç kimseyi geçmişimde yaşadığım acılarımdan sorumlu tutmadım. Çünkü herkes aynı değildir. Utanması gereken biri varsa o da herkes olmayı tercih edendir.

Kalp Kapısı

İnsan kendinin ne olduğunu, nasıl bir yönde ilerlediğini ve nasıl bir kumaşa sahip olduğunu bilmeli. Hayatımda karşıma çıkan herkesin neredeyse "beni diğerleriyle kıyaslama" cümlesini bana söylemişliği vardır. Sonra baktığımda söz konusu kıyaslama bile olamayacak kadar farksız ve sıradan oluşlarını gördüm hep. Bu bana bir ceza mı yoksa bir lütuf muydu bilmiyorum. Kalp kapısı herkese açılmaz, bunu çok iyi biliyorum. O kapıdan içeri kendini daima birileriyle yarış hâlinde olanı ve kıyaslama yapmayanı alacaksın. Bil ki karşındaki insan sürekli senin geçmişindeki insanlarla ya da başkalarıyla kendini bir tutup kıyaslama yapmaya çalışıyorsa o insanın kumaşı diğerlerinden daha söküktür. Ve lütfen bunu anladığında o an şu cümleyi söyle kendine; kumaşı bizden daha çok sökük olanlar, bize terzi ustalığı taslamasın.

Söküğü çok olan kumaş dikiş tutmaz.

Seni Sevmek...

Seni sevmek hayatın tam göbeğine oturup ölümü beklemek gibi.

Seni sevmek papatyaların hangi mevsim olursa olsun açmak için bahane üretmesi bir nevi.

Seni sevmek ciddi mesele can içim, güzel sevemez kimse seni benim gibi.

Hem acıyacağını hem de kanayacağını bile bile seni sevmek risktir. Ama ben hayatım boyunca bu riski göze alabilirim. Canımı acıt, ben yine sana gelirim. Hissettiklerimin şarkısı sadece senin sesin. Ve ben bu şarkıyı yalnızca senin sesinden dinlerim.

Parmağına kıymık batsa acır benim yüreğim. Sana sevdiğimi söylemekten daha çok sevdiğimi hissettirerek severim. Seni sevmenin nasıl bir duygu olduğunu sana açıklayamam ben. Ama sana sevginin en güzel hâlini her gün sana yeniden âşık olarak hissettirebilirim.

Ve tüm bunları hissetmeye doymaz kalbin.

**Hele sen tarafından sevilmek diye bir olay var,
işte o zaman, cebi bayram harçlığıyla dolan
bir çocuk gibiyim.**

Pes Etme.

Çok zor ve kötü bir çocukluk geçirdim. Haksızlıklara uğradım. Aile sevgisi görerek büyüyen çocuklardan olmadım ben hiçbir zaman. Hani çocukken büyümeyi ister insan, büyüdüğünde ise çocukluğuna dönmek ister ya...

Benim dönmek isteyeceğim bir çocukluğum bile olmadı mesela. Acı doludur orası çünkü. Hayal kırıklığı doludur, şiddet doludur. Büyüdüğümde bile dönmek istemeyeceğim kadar elimden alındı çocukluğum. Hep ortalarda büyüdüm ben. Beni büyüyüp yetiştiren biri olmadı. Kendi kendime büyüdüm. Yaşaya yaşaya öğrendim hayatı. Altı yaşıma kadar teyzemle kaldım. Tam teyzemin gerçek annem olduğuna inanacakken annem çıkageldi. Babası hiçbir zaman yanında olmayan, annesini de altı yaşında tanıyan bir çocuk düşünün. İşte o benim...

Sonra annem sahip çıktı, o büyüttü. Altı yaşımdan sonra hayatıma deniz feneri oldu. O da çok yorgundu, yıpranmıştı. Hak etmediği çok şey yaşamıştı benim gibi. Bunlara rağmen pes etmedi.

Kardeşimle, babasız büyüdüğümüz için yıllarca anneannem ve dedem anneme bu çocukları yuvaya ver, bunlardan adam olmaz, babaları yok zaten, nasıl büyüteceksin dercesine baskılar yaptı. Annem bize sahip çıktığı için hep birlikte kaldığımız evden kovulduk. Sokaklarda kaldığımız zamanlar oldu.

Yine de bizi ortada bırakmadı. Her zorluğa göğüs gerdi. Yeri gelince o kadın hâliyle erkek gibi mücadele edip birilerinin erkek olmasına rağmen yapamadığı babalığı da yaptı.

Yine de her şeye rağmen bizi bırakmadı. İşte benim hayatımın dönüm noktası annemin beni yuvaya vermemesi oldu. Belki de beni yuvaya verseydi, henüz o yaşlarımda hayata küsecek ve hayatımın geri kalanını hiçbir şeye faydası olmayan biri olarak geçirecektim. O yüzden ben Allah'ın mucizelerine inanıyorum.

En çok zoruma da ne giderdi biliyor musunuz? Oturduğumuz yerde çarşamba günleri pazar kurulurdu. Anneannemler pazara giderdi, eve geldiklerinde teyzelerimin çocuklarına aldıkları oyuncakları görürdüm. Bana hiçbir şey almazlardı. Ama ben ne üzülürdüm ne de kıskanırdım. Hatta her çarşamba, pazar dönüşlerini kendime bana yine oyuncak yok diye eğlence hâline getirirdim anlayacağınız. Bir diğer zoruma giden şey de ben de onların torunuydum. Ben de çocuktum. Ama babam yoktu. Tek fark buydu. İyi de babamın olmaması benim suçum değildi ki.

Çocukluğumda bile sanki her şeyin suçlusu benmişim gibi davranıldı bana. Ben bu yüzden haksızlıklardan nefret ediyorum. En ufak bir haksızlık söz konusu olunca çok çabuk sinirleniyorum. Ne bana yapılmasından ne de başkasına yapıldığında seyirci kalmaktan hiç hazzetmem. Çünkü benim vicdan tartım her zaman eşittir. Kimsenin suçunu kimseye yüklemem. Kimseye hak etmediği şekilde davranmam. Kim neyi hak ediyorsa onu vermeye çalışırım. Bu hep böyleydi.

Yani uzun lafın kısası, Allah'ın mucizelerine inanın. Pes etmeyin. İnandığınız hiçbir şeyi yarım bırakmayın.

Tüm bu zorluklara göğüs germekten bir an olsun
çekinmeyen bir kadının anne sütüyle büyüdüğüm gerçeği
bastırdı tüm acılarımı.
Öyle büyüdüm.
O yüzden hiçbir şeyin yokluğu koymaz bana.

Kırmayın.

Neden herkes kalp kırma meraklısı bu kadar? Neden hiç kimse kırılan bir kalbi onarmak ve onarılan o kalbi sağlam tutmak için çaba sarf etmiyor?

İnsanlar kırmaya o kadar meraklı ki, bundan neredeyse zevk alıyorlar.

Hele bir de kırdıklarının farkına varmıyorlar. En kötüsü de bu ya zaten. Hani kırılırsın, karşındaki seni kırdığının bariz farkındadır ve bu yüzden pişman olmuştur. Sende bunu hisseder, kırıldığın için gam yemezsin, eyvallah... Ama kırılırsın, kıran kişinin bundan haberi bile olmaz ve sen kırıldığını karşındaki insanın farkına varması için gözüne gözüne sokarsın ya... Bu çok kötü işte. Kırılıyorsun ve seni kırana kırıldığını sen söylüyorsun. Tam da burada her şeyden soğuyorsun.

Kalp kırmayın. Etrafınıza bakın, onarılacak çok kalp var.
Hepsinin biraz güvene, biraz samimiyete ihtiyacı var.
Hepsi bu.

Kırmayın, onarın. Kalp kalbe her zaman lazım.

Yalnızlık da Güzeldir.

Çok değer verdin. Belki de bugüne kadar kimse için göstermediğin çabayı onun için gösterdin. Eşi benzeri olmayan duyguları yalnızca ona karşı besledin. Kusurlarını görmezden geldin, öyle sevdin. Her ne olursa olsun sadece ve sadece "o buna değer" dediğin kişiye ait kaldı kalbin.

Yüreğinle sevdin, kalbinle sevdin, fedakârlıklarınla, çabalarınla, emeklerinle ve gerektiği zamanda da iki kişilik sevdin. Hissettirdin ama hissedemedin. O buna değer dedikten sonra aslında kimsenin hiçbir şeye değmediğini görünce ayrı tükendin.

Sonra hiç edildin. Bittin ve bitirildin.

Elinden geleni yaptın ve sonunda "o buna değer" dediğin insanın gerçekten hiçbir şeye değmediğini anladın. Hayatta yaşamadan öğrenilmiyor hiçbir şey. Sen yanılmanın verdiği acıyı ve hiçliği dibine kadar yaşadın. Sana bir tavsiye: Artık sende kalsın duyguların.

Çünkü böyle daha güzel, sen ve yalnızlığın...

Hissettirmiyorsa Sevmiyordur, Net.

Sadece sevmenin yetmediğini ve sevdiğinizi söylediğinizden daha çok, hissettirmeniz gerektiğini hiçbir zaman anlamayacaksınız değil mi? Sevgi söylendikçe değil, hissettirildikçe ve hissettikçe güzeldir. Sevgi hissettiriliyorsa o sevginin en yaşanılası hâlidir.

İsterseniz sabaha kadar bir insana sevdiğinizi söyleyin. Fakat sevdiğinize sevginizi hissettirmediğiniz takdirde sıfırsınız. Ağzınızdan "Seni seviyorum." cümlesi çıkabiliyorsa hakkını verin o cümlenin. Basit bir cümle değil o, her önünüze gelene söylemeyin. Hele hiçbir şey hissetmediğiniz insana hiç söylemeyin. Söylüyorsanız da hissettirin.

Eğer hissettiremiyorsanız "Seni seviyorum." cümlesini göğüs kafesinizde muhafaza edin. Doğru zamanı ve doğru insanı bekleyin.

Herkesi aynı cümlelerle, aynı sevgi kelimeleriyle sevmeyin. En güzel kelimenizi, en güzel cümlelerinizi, en güzel seni seviyorumlarınızı sadece bir insana ayırın ve ona adayın. Boş yere umutlandırıp insanların duygularıyla oynamayın.

Sevmek yetmez, hissettireceksin.
Eğer hissettiremiyorsan o kalpten çekileceksin.
Ne sevdiğini söyleyeceksin ne de boşuna umut vereceksin.

İlk Yenilgimsin.

Seni, "canımın içi" diye sevecek birini kaybettin. Şimdi hiçbir can nefes olmayacak sana. Daha çok sevileceğini umarak gittiğin yerde sıkışırsa kalbin, elini kalbine koy. Çünkü o acı benim. O sıkışmayla sana bizi bitirmeye çalışmalarını ve hiçe sayışlarını hatırlatmaya geleceğim.

Biliyor musun sevgilim? Seni sevdim. Bir insan hayatında ne kadar güzel ve ne kadar çok sevebilirse o kadar sevdim.

Bu da benim yenik zaferim.

Sen benim ilk çaresizliğim,
sen benim ilk yenilgimsin.

Yoruldum ve Bu Fiziksel Değil.

Bitecek diye hiçbir şeye başlayamamanın yorgunluğu var üzerimde. Yaşadıkların bir yana, hayatındaki insanlar bir yana, bazen tarifi güç bir yorgunluk insana öyle bir anda çöküyor ki, sadece olduğun yerde kalakalıyorsun. Oturup birine de anlatamıyorsun. Anlatsan bile bu yorgunluğun fiziksel olduğunu düşüneceklerini biliyorsun. Oysaki bu yorgunluk fiziksel değil canlarım. Bu yorgunluk ne biliyor musunuz? Bazen kendi kendini bile anlamadığın zamanları aklına getirip "Ben bile bazen kendimi anlamıyorum, başkası beni nasıl anlasın?" düşüncesi. Bu yorgunluk umut dolu girdiğin her sokağın tükenmişliğe çıkması. Bu yorgunluk herkesten kaçıp insanın kendine sığınıp yorulması. Bu yorgunluk biraz da insanın kendisi gibi tükenen duyguları...

Yaşamayan bilmez bitecek düşüncesine kapılıp başlayamamayı. Çok sevenin alınır daima ahı. Endişelenmeyin, kimse yaşattığıyla kalmaz. Günün birinde sorulur her yaşatılanın hesabı.

Üzül...

Senden kopamıyorum dedikçe en güzel duygularıma makas vurdun. Yeniden bağladığım düğümlerin hepsini bağladığım yerden kestin. Oysa tek isteğimdi seninle olan bağımın kördüğüm olması. Çözülmemek istedim seninle. Kimse çözmesin, çözemesin istedim. Zaten sende isteseydin bağlandığımız zaman bir Allah'ın kulu koparamazdı bizi. Gücü yetmezdi. Daha doğrusu bizi koparmalarına ben izin vermezdim. Ama olmadı, koptuk. Ve bunda senin payın oldukça büyük. Bu kopukluk, bu bitmişlik, bu çaresizlik senin eserin.

En çok neye kızıyorum biliyor musun? Benim bize dair her fırsatta bağladığım düğümlerin hepsini sen hep kesmişsin. Bak bu affedilmez işte. Affedilemez...

İyi ki sevmişim diye anmak varken beni senden vazgeçmek zorunda bırakmanla hatırlayacağım seni. Ben senden vazgeçmek zorunda kaldığıma üzüleyim, sen de seni böyle hatırlayacak olmama üzül.

Çaresizlik Tam Bizlik.

Bana yaşattığını yaşamasın, ben onun yerine de fazlasıyla yaşarım diye sevdiğiniz oldu mu hiç? Çaresizlik dedikleri şeyin ne olduğunu tam olarak bu noktada anlıyorsun işte. Sana yaptığı o her kötülüğü, yaşattığı her acıyı sindirip o yaşattığını yaşamasın, onun yerine de ben yaşarım diyerek sevdiğin an anlıyorsun.

Gerçekten bir insanın başına gelebilecek en kötü çaresizliklerden...

Kalbini bütünüyle ortaya koyarak sevenler genelde bu çaresizliği tatmıştır. Aslına bakarsanız bu da bir acıdır. İçiniz acır, duygularınız acır, en çok da kalbiniz acır.

En çok sevilen acıtır. Seven daima kullanılır.

Bu kalp bir sana hasret, herkese sağır...

Pişman Etme Yeter.

Aşk pişman olmamaktır, değil mi? Öyle değil işte. Şimdilerde sevdiğine seveceğine, değer verdiğine vereceğine öyle bir pişman oluyorsun ki tarifi yok bu hissin. Sen pişman olmak için sevmiyorsun aslında. Zorla pişman ettiriyorlar. Sadakatin, fedakârlığın, değerin, özlemin, hissiyatın ve duyguların önemini asla bilmiyorlar. Bildikleri ne biliyor musun? Bildikleri ve uyguladıkları tek şey seni pişman etmek, yormak oluyor. İyi ki sevmişim demek istediğini gördükleri her an, keşke sevmeseydim dedirtmeyi tercih ediyorlar. Ama kendilerine yapıyorlar, bilmiyorlar ki bizden sonra gittikleri yerde bizim sevdiğimiz gibi sevilmiyorlar.

Beni sevmeni falan beklemiyorum,
seni sevdiğime pişman etme yeter.

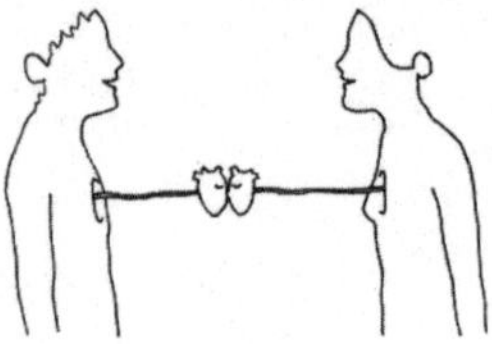

Mesafeler Engel Değildir Başka Bir Kalbi İçinde Hissetmeye

Gün gelir senden kilometrelerce uzakta olan biri senin kalp ritmini değiştirir. İşte o zaman anlarsın mesafenin gerçekten bir önemi olmadığını. Bana sorarsanız mesafenin gerçekten hiçbir önemi yok. Uzağında veya yakınında hiç fark etmez, o insanın sana kattığı ve tattırdığı his çok önemlidir. Tatlı veya acı hiç önemli değil.

Önemli olan ne biliyor musunuz? Yanındayken sana nasıl hissettiriyorsa uzağındayken de aynı duyguyu yaşatmasıdır.

Asıl mesafe insanın kalbindeki uzaklıktır. Mesafelerin sadece rakamlardan ibaret olduğunu bir kalbin içindeki duyguların gücü ve gerçekçiliği belirler. Kalbin içindeki duygular gerçekçilik payı taşımıyorsa olmaz o iş.

Eğer kalbin içindeki duygular ve hisler gerçekse işte o engel olarak gördüğünüz mesafeyi yenecek olan tek şey kalbin içindeki o gerçek duygulardır.

Mesafelerin yalnızca
sayılardan ibaret olduğunu idrak etmeniz dileğiyle...

Sonra Özlüyorsun İşte.

Düşünmemek için kendine verdiğin her sözü çiğneyip yaşadığınız her anı en ufak ayrıntısına kadar düşünüyorsun. Düşünmek istemesen bile radyoda ansızın çalan bir şarkı, vizyona giren herhangi bir film veya dışarıda el ele gördüğün herhangi bir çift sana onu ve yaşadıklarınızı hatırlatıp o özlemi ciğerine kadar hissettiriyor.

Özlememek için kendinle savaşıp yenik düşüyorsun. O başka aşklara yelken açarken sen kendi limanına demir atıp öylece o geminin gelmesini bekliyorsun. O gemi gelse bile her şeyin eskisi gibi olmayacağını da biliyorsun. Ama bile bile bekliyorsun işte.

Özlemem deme, özlüyorsun. Ondan sonra başkasını seveceğini düşünme, onu sevdiğin gibi bir başkasını aynı heyecanla sevemiyorsun. İnsanın kalbi de bir yerden sonra yoruluyor. Kan pompalamaktan değil, yanlış insana karşı doğru sevgiyi beslemekten.

Ama yanlış insana karşı doğru sevgiyi beslemene ve onun yanlış insan olduğunu bilmene rağmen yine de özlüyorsun. Konunun onunla bir ilgisi yok aslında, sen sevgine verdiğin emek ve saygı için tüm bunlara katlanıyorsun.

Bazen sevgine ve verdiğin değere acırsın,
insanın canını da en çok bu acıtır.

Kusur da Sevilir.

İnsanların yüzüne vurduğunuz ve sevmemek için kendinize bahane edindiğiniz "kusur" denilen şey var ya, ona da âşık olunabiliyor. Sevdiğiniz zaman kusurlarını da kabullenerek seviyorsunuz. Kimileri kusurlardan şikâyetçi oluyor, kimileri ise kusurlara bile hasret kalıyor. Şimdi dön ve bir bak. Yadırgadığın bir kusuru yarın özleyebileceğin gerçeğini getir aklına. Ve öyle adımla hayatında...

Ve sana bir tavsiye; sevdiğin insanın kusurlarını yüzüne vurmaktansa sarıl kusurlarına. Çünkü sevmek kusurlarıyla sevmeyi gerektirir. Aşk sevdiğin insanın eksiklerini dile getirip onlardan şikâyetçi olmak değil, seviyorum dediğin insanın eksiklerini tamamlamaktır. Kusurunu örtmektir. Sevdiğin insanı tamamladığın her an, onunla tamamlanmaktır. Yalnızca bir kişiye sadık kalabilmektir. O insana doyamamaktır.

Özdemir Asaf, eksikleriyle seven bizlerin durumunu çok güzel bir şekilde özetlemiş: Herkes fazlasıyla sevmiş, ben eksikleriyle de sevdim oysa...

Başkalarının şikâyetçi olduğu kusurlarının
her zerresine inceden yanıktım ben.

İlkler Unutulmaz.

Her şeyin acısına ve yokluğuna alışılıyor. Ama ilkler insanda bir başka saklanıyor. "O benim ilkimdi." cümlesinin insana kattığı acı çok ağır oluyor. Elimizde olmayan imkânların zorluklarına alışmak zorunda olduğumuz bir hayat yaşıyoruz. Çiğ duygularla geldiğimiz bu hayatta, o zorluklarla mücadele ederek ve alışmayı öğrenerek pişiyoruz. İlkimiz olacak veya ilkimiz olmasını istediğimiz her ne varsa korkuyoruz. Korkmakta da haklıyız. Çünkü ilkler çok önemli ve çok güzeldir. O yüzden "ilk" kelimesinin bize köklü acılar bırakmasını istemeyiz. İlkimiz olmasını istediğimiz kim varsa değeceğini ve kalacağını bilsek sonuna kadar gideriz.

İlk olup yarım kalmak mesele değil ki. Mühim olan ilk olduktan sonra son olmayı da başarabilmekti. Hiç kimse de bunu bilemedi.

Bazen ilklere geç kalınır.

Unutmayın,
ilacı olmayan tek sancı geç kalmışlıktır.

Sen Benim On Yedi Yaşımsın.

Her yaşın ayrı bir güzelliği vardır insanın hayatında. Ama on yedi yaş bir başkadır. On yedi yaşında başka sever bir insan. Bir başka atar kalbi. Bir başka özler. Bir insan on yedisinde acılara bile âşık olabilir.

Hatta hüznü bile bir başkadır bu yaşın. Hele ki benim gibi baba sevgisi nedir görmeden ve hissetmeden büyümüşsen, o sevgisizliği kimseye belli etmeden kendi içinde bastırmışsan, her şeyin üzerine geldiği zamanlardan yanında hiç kimse olmamasına rağmen yalnız başına galip çıktıysan, hiçbir şeye değmeyecek insanlar tarafından hak etmediğin muameleleri görmüşsen, sen dibe çökmenin en son evresini yaşamışsın cancağızım. Ama her dibe çöküşün yeniden küllerinden bir doğuşu vardır. Tüm bunları yaşamasına rağmen ayağa kalkmayı başarabilen bir insana, hiçbir şeyin zorluğu koymaz. Hiçbir acı on yedi yaşında bu acıları hisseden bir insanı korkutamaz.

Sen benim görmediğim baba sevgisini bastırdığım tek şeydin. Şimdi sen de gittin, ben yine dipteyim.

Bilmelisin ki beni düşüren de sensin, ayağa kaldıracak olan da. Sana muhtaç olduğumu zannetme. Düşürülen her insan kendisini başka birinin değil, düşürenin ayağa kaldırmasını ister. Bir yarayı ancak açan iyileştirir.

Senin açtığın yarayı senin iyileştirmene gerek yok baba, gelme. Annem ana da oldu bana, baba da.
Bir ömür yeter o bana.

Ah Almayın, Papatya Alın.

Hakkımda bildiğin ufak bir ayrıntı bile muazzam bir tutkuya teslim ediyordu beni. Bunlarla mutlu olan biriydim ben. Gözün kaldı tabii. İki günlük mutluluğumda gözün olduğunu bilsem, belli etmezdim sana hiçbir şeyimi. Ama bu kadar kötü olduğunu bilmedim hiç. Bilemedim. Sevmiyorsa, bari kendimce mutlu olup yetindiğim şeyleri de elimden alacağını hiç düşünmedim. Sen güzel bir hayal kırıklığısın bende. Muhteşem bir pişmanlıksın. Hiçbir şey bunu değiştiremeyecek. Aldığın ahım var ya, sen kiminle nereye gidersen git, hep peşinden gelecek. Bunu fark ettiğin o an, peşinden gelen ahım sana içten derin bir acı hissettirecek.

Boşuna dememişler, "Ahın bulamayacağı adres yoktur." diye...

Yerime koyduklarının seni sevdiğini zannedeceksin; ama o sevgiyi kalbin hiçbir zaman hissedemeyecek.

Çünkü bir insanın ahı alınırsa başkasıyla mutlu olunmaz. Olunamaz.

Bu hiçbir kitapta da yazmaz. Bir kalp öldürülürse başka bir kalple yaşanmaz.

Benim ahımı alma, bana papatya al.

Değmiyorlar.

Nefret de bir duygudur. Ki bazı insanlar bırakın sevilmeyi, nefret edilmeyi bile hak etmiyor. Ve böyle insanlar için ne fedakârlıklar yapıp, kendimizi yıpratıyoruz. Kusura bakmayın ama bize en büyük yanlışı kendimiz yapıyoruz. Bu insanlar ne sevgimizi, ne nefretimizi, ne de nefret edeceğimiz bir saniyemizi bile hak etmiyorlar.

Kendileri de tüm bunların farkında aslında. Farkındalar ki daha çok nefret edelim diye yapmadıklarını bırakmıyorlar. Kendimize eziyet ediyoruz resmen. Onlar mutlu olsunlar diye her şeyimizi yok ediyoruz. Gururumuzu, duygularımızı, en kötüsü de geriye kazanamayacağımız hayatımızdan boşa akıp giden zamanımızı...

Bırakın ya, değmiyorlar. Sevmeye de, nefret etmeye de...

Hiçbir şeye değmiyorlar. Yeterince yorulduk değmeyecek insanlar için. Kaybetmekten korkmayacak insanlar için kendimizi heba etmeye hiç gerek yok.

Zira zamanında bunu çok yaptık ve bir şeylerin değişmediğini gördük.

Ne kadar çabalarsam çabalayayım, hiçbir şeyin değişmeyeceğinin en canlı kanıtısın sen.

Lisede Bir Kız Sevdim.

Oturduğum yer Antalya'nın ilçesi olan Manavgat'ın Çolaklı Beldesi'ydi. Küçük ve köy gibi bir yerdi. Küçük olmasından yana asla bir memnuniyetsizliğim olmadı. Çünkü çok güzel bir sahile, art arda sıralanan geniş ve büyük tarlalara sahipti. Gözlerimi havaya diksem masmavi, yere indirsem yemyeşildi. Anneannemin tavukları, keçileri, dedemin her sabah uyandıktan sonra kendinden önce karınlarını doyurduğu kedileri vardı. Hâlâ da var. Benim en şanslı olduğum konu canımın sıkıldığında sahile inip kendimle baş başa kalabiliyor oluşumdu. Bilirsiniz canı sıkıldığında sahile inip yürüyebilenlerin şanslı olduğunu söylerler.

Evimizle sahil arası on beş-yirmi dakika sürüyordu. Annemler, dedemler, teyzemler orada yaşamaya devam ediyor hâlâ. Küçük bir belde ama benim özümü bulduğum yer diyorum ben oraya. Lise hayatım orada geçti. Neyse, bir gün bir arkadaşımın arabasıyla köy içine gittik. Bir marketin önünden geçerken durup markete uğradı. Ve ben tam o sırada arabanın açık camından onu gördüm. Ekmek dolabından ekmek alıyordu. Benim aptalca sırıtışımı gördü ve selam verdi. Beni görünce fırından yeni çıkmış, sıcacık bir ekmek almış gibi tebessüm etti. Ortak arkadaşlarımızdan dolayı isim olarak tanıyordum onu. Sonra aynı liseye başladık. Ben utandığım için kendisine yanaşıp konuşamadım. Ama nasıl utanıyorum, öyle böyle değil. Önceden çok içime kapanık biriydim ben. Gerçi şimdi de içime kapanığım ama konunun boyutuna göre değişiyor tabii. O gün köy içine gittiğim arkadaşıma dedim ki, bir konuşsana şu kızla, sevdiği veya konuştuğu biri var mıymış dedim. Arkadaşım da gidip hemen bir şeyler çıtlatmış kıza. Heyecandan ölüp ölüp dirildim. İnsan bana ciddi misin bak, gidip konuşurum diye sorar. Harbiden direkt gidip demiş kıza böyle böyle. Kız da kendisi neden gelip konuşmuyor diye cevap vermiş haklı olarak. Ama imkânı yok karşısına çıkıp konuşamazdım. Bakın size yemin ediyorum ellerim titriyordu, gözlerimi asla bir noktada buluşturamıyordum. Bir şekilde konuşmaya başladık. Her teneffüs zili çaldığında sınıftan ilk önce kalbim sonra ben çıkardım. Derste teneffüs olsun diye dakikaları sayardım.

Abartmıyorum size o kızın ellerini tam seksen gün sonra tuttum biliyor musunuz? Seksen gün sonra o an çok farklıydı.

Sonra ben kendimi iyice kaptırdım. Ve lise birinci sınıfta çok sevdiğim için sınıfta kaldım. Çok sevdiği için sınıfta kalır mı bir insan?

Hâliyle kitap yüzü açmadım o zamanlar. Varsa yoksa o dedim.

Aynı anda lise birinci sınıfa başladık ama o lise ikinci sınıfa geçti derken benden sonra iki-üç tane sevgili değiştirdi. Her yaptığı sevgiliyle aynı okulda el ele benim önümden geçti.

Sabırsızlıkla beklediğim o teneffüs zili çalmasın diye dua ettiğim dersler oldu. Hatta bir gün sevgililerinden biri yanıma gelip aramızda bir yaşanmışlık geçip geçmediğini sordu, ben de: "Hayır, temiz sevdim." demiştim.

Olan bana oldu; ama o yaptığım bir yıl sınıf tekrarı bana çok şey öğretti. Bir zamanlar duygular çok temizdi. Şimdi herkesin ağzında bir seni seviyorum, laçkalaşmış sevgi cümleleri, sıradanlaşma çağına teslim olmuş emin adımlarla atılan büyük adımlar, samimiyetsiz yüzlerin ağzından çıkan yapmacık, samimi sevgi cümleleri günümüzün aşk gündemi işte. Sevmek mi? Peh... Seviyorum dedikleri insanın en sevdiği rengi, en sevdiği yemeği bile bilmiyorlar ama lafta sevdiklerini söylüyorlar.

Sevdiğini söyledikleri insan en çok hangi yemeği sever, ne tür müzik dinler, ne yer, ne içer, hiçbir şey bilmeden seni seviyorum ayaklarına bürünen benlikler yüzünden aşk kendini kalkındıramıyor işte günümüzde.

Her ilişkinin sonunda ağızdan çıkan son cümle, "Keşke seni hiç tanımasaydım." oluyor.

En saf, temiz duygularımla gelmiştim ben sana. Hiç bir şey bilmememe rağmen, sana olan sevgimden adım gibi emin bir vaziyette gelmiştim. Oldukça kirli duygulara teslim olan onca insan arasında seni tertemiz sevmiştim.

İçiniz Güzel Olsun.

Bir insanın çirkin olup olmadığına illa yüzüne ve fiziğine bakarak karar verilmez. Davranışlarına ve samimiyetine bakarak da çirkin olup olmadığı kararına varılabilir. Sizin güzel diye öldüğünüz o insanların içini pislik götürüyor siz farkında değilsiniz. Kalbe değil, ruha değil, fikre değil, samimiyete değil, görselliğe âşıksınız.

Keşke dış güzelliğe değil, iç güzelliğe yatırım yapsa duygularınız. Üzülerek söylüyorum ki hepiniz aynısınız. Ne yazık ki güzellik hastasısınız. Çok önemli, değil mi, iki kuruşluk egolarınız?

Üzülüyorum, gerçekten üzülüyorum. İçiniz güzel olsun yahu. Güzel diye ölüp bittiğiniz insanlar, güzellik kavramını yitirdiğinde tutunabileceğiniz bir iç güzellik kavramınız bile olmayacak. Unutmayın.

İçiniz güzel olsun, gerisi hallolur.

Acıma Ortak Ol

Hepimiz severiz, bilirsiniz. Ancak pişman edilme olayı biraz farklı. Sevgi o kadar masum bir duygudur ki, bu duyguyu nefrete, kine ve pişmanlığa dönüştürmeye hiç gerek yok. İnsan hayatında karşılıksız sevdaiği zaman bile "O benim yalnız sevmelerime bile değdi." diyebileceği biri olsun istiyor. Hayatta her şeyin karşılıklı olduğunu savundum her zaman. Karşılıklı derken yalnızca aşkın, mutluluğun, sevginin karşılıklısı falan değil. Acının da, kırgınlığın da, yalnızlığın da karşılıklısı... Bir insan sevip sevilmediği için, çok sevip değer görmediği için bile pişman olduğunda, bu acıyı yaşatan da pişman olmalı. O da üzülmeli. İnanın bana bencillik söz konusu olduğu zaman ben çok başka bir insan oluyorum. Hangi ortam olursa olsun, söz konusu bencillik olduğunda ben asla orada bulunmuyorum. Siz de bulunmayın. Sevmeyin, âşık olmayın demiyorum. Ama sevdiğinizde, karşılık alamadığınızda ve kırıldığınızda, bu üzüntünün acısını size yalnız başınıza yaşatmayacak insanları sevin. Pişmanlık söz konusu olacaksa bu şekilde olsun. Bir taraf kendi köşesinde ciğeri sökülene kadar ağlıyor, diğer taraf gününü gün ediyorsa öyle sevgi de istemez. Ki sen bir köşede ağlarken, gününü gün eden insanı bırak sevmeyi, nefret etmene bile değmez. Çünkü nefret bile bir duygudur. Herkese beslenmez. Her şeyin karşılıklısı güzeldir.

O yüzden sizi seven insanları sevmenize gerek yok, pişman etmeseniz bile kâfi. Ama sevseniz de ayrı güzel olur tabii.

Her şey sizin olsun.
O buna değer diyebileceğimiz biri olsa bize yeter.

Doğru Tecrübe, Yanlış İnsan

Yaşanacak o kadar çok, paylaşılacak o kadar güzel anlar var ki, hepsi öldürülüyor. Geçmişinin enkazından kurtulamayan ve geçmişinden edindiği tecrübeleri karşısına çıkan ve kendisini kimsenin sevemeyeceği kadar güzel sevecek insanın üzerinde uyguluyorlar.

Bu da en güzel duyguların ve yaşanacak en güzel anların katili oluyor. "Ben acı çektim, çok can yakarım." mantığından vazgeçin. Hak etmediğiniz şekilde incinmiş olabilirsiniz. Fakat bu karşınıza çıkan her insanı inciteceğiniz anlamına gelmez. Bunu yaptığınız müddetçe sizi güzel sevecek insanları kaybetmeye mahkûm olacaksınız. Sürekli ortada bırakacağınızı düşünmeyin, bir gün çok sevecek ve bir gün siz de ortada kalacaksınız.

Ben de çok acı çektim, hak etmediğim muameleler gördüm. Umut verdiler, sonra tüm kapıları yüzüme kapattılar. Ortada kaldım. Yani anlayacağınız ben acıyı iliklerime kadar hissettim ve yaşadım. Ama gidip acıtmadım. Kimseye hayal kırıklığı olmadım. İncinsem de incitmedim. Kalbim oynaşta olmasına rağmen karşıma çıkan kimseye "Ben kimseye güvenemiyorum." demedim, diyemedim. Her zaman güvendim. Sonra yine tükendim. Her şeye rağmen güvenmekten de vazgeçmedim. Çünkü yaşanacak en güzel anları ön yargıların değil, empati kurmak ve doğru insana güvenmenin getireceğine inandım. Nereye gidersem gideyim, içimde bu duygularla gittim...

Belki çok acıdım ama ben bugün hayal kırıklıklarımla ve acılarım sayesinde insanım.

Sadakat

Bir ilişkinin ne kadar sürdüğü de önemlidir ama yaşanan anlar ve duygu yoğunluğu kadar değil. Bazı ilişkiler vardır, yıllar sürer. Onca geçen zamana rağmen en ufak bir heyecan, tutku ve sevgi hissedilmez. Ancak bazı ilişkiler vardır, sadece iki üç ay sürer ama o ilişki dolu dolu yaşanmıştır. Gerçekten sevgi, tutku, aşk ve duygular sonuna kadar yaşanmış, hissedilmiştir.

Bir ilişkinin zaman olarak ne kadar sürdüğüne takılmamak lazım. Yıllar süren bir ilişki an gelir, bir çırpıda bitirilir. O aşktan vazgeçilir, yaşamaya devam edilir. Aylar süren ilişkide de aynı şekilde seven iki insanın birbirinden kopamadığını görebiliriz.

Önemli olan bir ilişkide zaman dilimi değil, yaşanmışlıklar ve o yaşanmışlıkların insana kattığı heyecandır. Önemli olan sevginin miktarı değil, nasıl sunulduğudur.

Sen başkalarıyla gününü gün ederken,
bıraktığın acılara bile sadık kaldı bu kalp.

"Evim diye sığındıklarımız
bizi sokakta bırakmış,
haberimiz yokmuş."

Aşk mı? Sevgi mi?

Bence aşk insana hayatta bir defa uğrar. İnsan en derin heyecanı ve en derin tutkuyu, coşkulu ve mutlu bir şekilde yaşadığı ne varsa hayatı boyunca bir defa yaşar. Hissettiği en anlamlı ve en derin duyguları yalnızca bir kişiye karşı hisseder. Gerisi alışkanlıktır.

Bir insanın sevmesi için ilk önce o insana alışması gerekir. Alışmak dediğimiz olay gerçekten çok önemlidir.

İnsan severim der, sevemez. Asla sevmem der, bir bakarız çok güzel sever. Uzun lafın kısası, aşk bir defa yaşanır. Gerisi alışkanlıktır.

Sana âşık değildim ama alışmıştım.
Eti tırnaktan ayırdın,
bundan sonra boynuna en büyük günahım.

Biraz da Siz Acıyın.

Biz de biliyoruz benden sana zarar gelmez deyip, canımızın en çok acıyan bir yanını keşfettikten sonra Allah'ın her günü tam olarak o yanımıza bastıra bastıra canımızı yakmaya çalışacağınızı. Bazı gerçeklerin biz de farkındayız. Ama hadi, belki bu sefer farklı olur hayallerine kapılıyoruz. Ama ne yazık ki her defasında da hepinizin aynı olduğu kanısına varıyoruz. Kalbimizdeki en büyük hasarlar benden sana zarar gelmez diyen size ait, biliyoruz. Benden sana zarar gelmez derken siz de buna inanmıyorsunuz, biliyorsunuz.

Ama artık biz de inanmıyoruz. Bunu da biz biliyoruz.

İçimizde sevme ve sevilme isteği olduğu için güvendik, mücadele ettik, fırsat verdik. Ama değmeyeceğini de ziyadesiyle ciğerimize kadar gördük ve hissettik.

Necip Fazıl'ın şu sözünü her okuduğumda vicdanıma bir rahatlama gelir: "Sen çok sev de bırakıp giden yâr utansın."

Şimdi biraz da siz utanın. Biz size inandığımız kadar acıdık. Şimdi biraz da bizi yok ettiğiniz için siz acıyın.

Gitmek mi Daha Zordur, Kalmak mı?

Hepimizin bir gideni vardır mutlaka. Ve o birileri giderken muhakkak kalan olmuşuzdur arkalarında. Birileri gider, birileri kalır. Birileri giderken kalan altında kaldığı acılara ve enkaza alışır. Aslında gitmenin mi yoksa kalmanın mı daha zor olduğu biraz göreceli bir kavramdır. Neticede bu konuyla ilgili hepimizin içinde bir yarası vardır. Gitmenin en büyük ihanet olduğunu düşünsek de, giden gitmek istediği için mi gitti? Yoksa gitmek zorunda mı bırakıldı? Kalan çok sevdiği için mi kaldı? Yoksa kalmaktan başka bir çaresi olmadığı için mi kaldı? Bunların da muhasebesini yapmak gerekiyor biraz. Şöyle söyleyeyim, bu sorunun bir cevabı yok aslında. Ucu açık bir soru bu. Herkes bu konuyla ilgili birden çok düşünceye sahiptir. Ben kendi fikrimi söyleyeyim, gitmek mi yoksa kalmak mı zor bilemem ama gönderilmenin dünyanın en acı ve en çaresiz şeyi olduğunu çok iyi biliyorum. Kalmak için ve sevmek için verdiğin onca mücadeleye rağmen gönderilmek... Tam bir çaresizlik...

Yıllar sonra bir kadını sevdim. Öyle böyle değil ama gerçekten çok sevdim. O beni hiç sevmedi. Üstünden zaman geçti, başka bir kadın beni sevdi. Onu da ben sevemedim.

Benim yıllar sonra çok sevdiğim kadın pişman olup bana geri dönmek istedi, affetmedim. Sonrasında beni seven o kadına ben pişman olup geri döndüm, o da beni affetmedi.

Ve sonra anladım ki asıl önemli olan neymiş biliyor musunuz? Sevmekmiş. Sevebilmekmiş. Doğru zamanda, doğru kişiye ait olabilmekmiş.

Yeri geldiğinde kalabilmek, yeri geldiğinde nereye gidilecekse birlikte gidebilmekmiş.

Siz gidenler Kazım Koyuncu'nun "İşte gidiyorum" dediği kadar acımasız, biz kalanlar ise Sezen Aksu'nun "Git" dedikten sonra "Gitme" dediği gibi masumaneyiz. Gidenler gitsin, kalanlar olarak kalan sahalar bizimdir.

İki Kalp, Tek Vücut

Aynı şehirde yaşamıyoruz belki ama aynı gökyüzü altında nefes alıp veriyoruz. Ben bununla bile mutlu olabiliyorum mesela.

Sana daha somut şeyler lazım belki ama ben sana kalbimden ve ellerimden başka daha somut ne verebilirim, bilmiyorum. Seninle ilgili soyut olsa bile her detaya âşığım. Mesela kokun, mesela aynı gökyüzü altında aynı havayı soluyor oluşumuz. Ve daha birçok şey. Sana sunduğum birçok somut kavramı görmezden gelen sen, seninle ilgili soyut her şeye inceden değil, bayağı bayağı yanık olan ben ölümüne yarışır. Ve ben her zamanki gibi seni haddinden fazla severek kazanırım.

Çok sevmeniz için aynı şehirde yaşamanız gerekmez.
İki kalbin tek bir vücutta atmasını sağlamak yeterlidir.

Kulağa Küpe

Hayatta hiçbir şey tek taraflı yürümez. Her şeyin karşılıklı olanı güzeldir. Sevginin, saygının ve birçok şeyin. Bencilliğine esir olan insanlar için kendinizi yormayın. Hayatında her şeye at gözlüğüyle bakmayı kendine hayat standardı olarak belirleyip önüne at gözlüğüyle bakan insanların bakış açısında olmak için uğraşmayın. Sadece ve sadece kendi menfaatleri, kendi çıkarları ve kendi egoları tatmin olsun diye yemediği nane kalmayan, hiçbir şekilde aynanın karşısına geçip kendini hiç mi hiç sorguya çekmeyen ve vicdan terazisi bozulmuş, duyguları paslanmış insanlar için kendi değerlerinizi ve duruşunuzu yok etmeyin. Size kısa ve net olarak söylüyorum; değmiyorlar.

Kulağınıza küpe olsun; gitmem ayaklarına inanmayın, gidiyorlar.

Kimseye sığınma.
Tek limanın kendin ol hayatta.
Ve sadece sana sığınmaları için güven ver, yeter insanlara.

Her Kadın Bir Kız Çocuğudur Biraz.

Hayat şartları gereği acıları yüzünden yolun henüz daha başında olgunluğu ve her türlü acıyı yaşamış ve tatmış kadınlar var. Ben olgunluğun yaşla bir ilgisi olmadığını düşünüyorum. Tamam, bir yerde yaşın da önemi var ama on yedi yaşında kadın da gördüm, yirmi yedi yaşında kız da. Yaşça büyük kadınlardan daha olgun kızlar var. Bunu bizzat yaşamış biri olarak rahatlıkla söyleyebiliyorum.

Ama kadınların geneline baktığımızda hepsinin çocuksu bir ruha sahip olduğunu görebiliyoruz. Bunu göremeyen adamlar yok mu? Elbette var. Zaten bir kadının çocuksu yanını okşamayı bilen adam, o kadını mutlu etmeyi de çok iyi bilir. İşte benim o adamlara tavsiyem, bir kadını çocuk gibi sevip adam gibi sahip çıkın. Bunu hisseden kadın da size o çocuksu yanıyla çok güzel sadık kalabilir.

Bir kadın ne kadar büyürse büyüsün,
bir yanı hep bir kız çocuğudur biraz.

Pişman Ettiler.

Biz de bilirdik mutlu olmayı. Ama gittik, güvenip sevdik. Yetmedi, hissettirdik. Hiç edildik. Yeri geldi nefret ede ede sevdik. Özledik, görmezden gelindik. Hem de öyle bir görmezden gelindik ki varlığımızdan şüphe ettik. Yeri geldi sevdiğimiz insanın hayatında kendimizi fazlalık hissettik. Sırf bu yüzden kendimizden nefret bile ettik. Fazlasında gözümüz yoktu, hak ettiğimiz kadar sevilmek istedik. Zaten hak etmediğimiz sevgiyi de istemezdik. Ama bu kadar sevilmemeyi de hak etmedik. Hiç edildik. En güzel hislerimizle sevdiğimiz insanlar tarafından hissizleştirildik. Ve en kötüsü de sevdiğimize, seveceğimize pişman ettirildik.

Sadece hak ettiği kadar sevilmek isteyen insanları da sevdiğine pişman ettiniz ya, size de yazıklar olsun.

Çok Başkaydı.

Kalbimdeki yerinin çok başka olduğunu bilmelisin. Hiç şüphesiz ki vicdanımın rahatlığıyla sana sunduğum imkânların, senin için yaptığım fedakârlıkların sadece sana özel olduğunu söyleyebilirim.

Senin için verdiğim mücadeleleri kimse için vermedim. Ben seni hayatında hiç kimsenin sevemeyeceği kadar güzel sevdim.

İster inan ister inanma. Kalbimde çok başkaydı yerin.

Eminim ki sen de hayatında beni ettiğin kadar kimseyi hiç etmedin.

Buna tüm kalbimle kefilim. Bak sevgilim, şöyle düşün; güzel bir mekâna giriyorsun. Mekân dolu, en güzel masası boş. Ve masa rezerve edilmiş.

İşte o masa bendim, rezerve edenim de sendin.

Sen kalbimin en güzel yerinin sahibiydin.

Seni kaybettiğime değil,
bir daha böyle sevemeyeceğime üzülüyorum.

Demezler.

Ben seni çok severim, bana güvenebilirsin derler. Ben seni çok mutlu ederim, hiç üzmem derler. Ben seni kırmam, yormam derler.

Ben seni hiç bırakmam derler. Sensiz yapamam derler. Sensiz bir hayat istemiyorum derler. Çok güzel severim derler, öyle severim, böyle severim derler. Benden sana zarar gelmez derler. Senden başkasını istemiyorum derler. Derler de derler. Hiç demezler ki ben senin bana olan güvenini korurum. Seni elbet üzerim, kırarım, belki de ağlatırım ama girdiğimiz zorlu virajdan daima birlikte çıkarız.

Seninle birlikte bir hayat kurmak için elimden geleni fazlasıyla yaparım demezler. Belki zaman zaman yorarım ama en güzel birbirimizin omzunda dinleniriz demezler. Üzerim ama fazlasıyla mutlu etmeyi de çok iyi bilirim demezler. Verdikleri umutlar hep böyle bir yapmam, etmem, gitmem, kırmam, yormam havasındadır.

Ama güzel söyledikleri gibi, hiçbir şeyi yapmayacak olmalarının hakkını en güzel şekilde öyle bir verirler ki...

Öyle bir üzerler, öyle bir giderler, öyle bir kırarlar, öyle bir yorarlar, öyle bir başkasıyla mutlu olurlar ki... Yapabildiğin tek şey bunları izlemek olur. Sadece izlemek...

Beylik laflara karnımız tok.

Üzerim ama gitmem samimiyeti lazım bize.

Gitmek mi İstiyor?
Kapıyı Ona Sen Aç.

Annem empati kuramayan insanlardan uzak dur; çünkü onlar hiçbir zaman sevemez derdi. Gerçekten de öyleydi. Empati kuramayan insanlara kendimi anlata anlata dilimde tüy bitti. Sonra anladım ki fazlasıyla tükenmişim. Şunu asla unutma, bir insan senden gitmek istiyorsa kalması için hiç uğraşma. Kapıyı ona sen aç, kendin yolla.

Yeri geldiğinde tek başına sevebilecek kadar duygularına bağlı olabilirsin ama seni istemeyen birini yanında tutacak kadar gurursuz değilsin. Zorla güzellik de olmaz. Bir insan seni istiyorsa ne yapar ne eder, seninle olur zaten. Bu kadar basit ve net.

Senden gitmek mi istiyor? Bırak gitsin. Gittiği yerde onu senin gibi kimse sevmeyecek. Bu rahatlık da sana yetsin. Pişman olup geri dönecek, kesinlikle affetmeyeceksin. Seni birincisinde yaralayanın ikincisinde seni öldüreceği kesin. O yüzden kesinlikle ikinci kez bu fırsatı ona vermeyeceksin.

Gökyüzünü sev, bisiklet sürmeyi sev, balık tutmayı sev. Martılara simit atmayı, çimlere uzanıp göğe bakmayı, gökyüzünü, maviyi, denizi, deniz kabuğu toplamayı, papatyaları, kitaplarda kaybolmayı, kendine bir fincan kahve yapıp onunla mutlu olmayı sev. Ve daha sayamadığım bir sürü şeyi sev...

Sevecek bunca güzellik varken duygularına zarar vereni sevmek büyük hata.

Şimdi biraz silkelen, hayat kısa.
Sevecek daha güzel şeyler var.

Biraz Samimiyet...

Birden fazla insanla konuşup, birden fazla insanı aynı kelimelerle, aynı cümlelerle sevmeyi mideniz nasıl kaldırıyor En güzel kelime veya en güzel cümle yalnızca bir insana söylenmeli. Ama sizin maşallahınız var. Önünüze gelen herkesle konuşup, o yapmacık sevgi kelimelerinizi her önünüze gelene sarf ediyorsunuz. Benim midem bile bu hâlinize şahit olduktan sonra bulanıyor, sizinki nasıl bir mideyse anlayamadım gitti.

Yalnızca bir insana ait olabilme sırrının verdiği mutluluğu hiçbir zaman yaşayamayacaksınız. Mesela canım kelimesi bile bana göre çok özeldir, herkese söylenmez yani. Ama siz çoktan birbirinize can olmuş karışmışsınız. Zamana yayarak yaşayacağınız anları bir anda yaşayıp, günlük aşklarınızı gündemden eksik etmediğiniz müddetçe aşkın hakkını verecek doğru duygulara sahip olan insanlar aşka hep ön yargıyla bakacaklar. Ve biz de sevilmeye hasret kalanlar olarak bir köşede tükenip gideceğiz.

Kendinize gelin, ne bu basitliğinizin faturasını biz ödemek zorundayız ne de Allah'ın size merhametle doldurun diye verdiği o tertemiz kalbi kirletmeye sizin hakkınız var.

Farklı insanları aynı cümlelerle sevdikleri müddetçe biz sevilmeye daha çok hasret kalırız.
Ama olsun, biz gerçekçi ve samimi duygulara sahip insanlarız. Bunun verdiği rahatlıkla yalnız da yaşarız.

Benim Vicdanım Rahat.

Çok güzel sevebilirdim. Çok güzel sahiplenebilirdim. Sevme beni dedi. Nefret et benden dedi. Ben hiçbir şeye değmem dedi. Sanki bu kinin, bu nefretin ve bu duygusuzluğun dünyayı kurtaracakmışçasına inanırmış gibi sök kalbini at dedi.

Seve seve vazgeçtim. Ama nefret etmedim. O masum sevgimin nefrete dönüşmesine asla izin vermedim. İlk gün nasıl sevdiysem aylar sonrasında da öyle sevdim. Yine de sevgimin nefrete dönüşmesine izin vermediğim için ve bu sevgiyi yalnızca içimde yaşamama rağmen sevgime sadık kalabildiğim için hâlime şükrettim.

Etrafıma şöyle bir bakıyorum, seviyor gibi yapan da var, sevip başkası için yarım bırakan da. Ben bu yarım hâlimle bu sevgiye bir bütün olarak ve sadık kalabilmeyi başardım.

Benim vicdanım rahat, gerisini sen düşün.

Kansızlık var sende, ısınacağını düşündüğün kalplerde üşürsün.

Hayattayken Dön Bir Bak.

Bizim tek suçumuz neydi biliyor musunuz? Tüm kalbimizle sevmek.

Onların bu kalpsizlikle kendilerini böylesine masumane zannetmeleri karşısında bizim tek suçumuz sadece onları sevmeyi istemekti. O kadar körsünüz ki hayatınızda sizi en güzel şekilde sevecek insanlar sizi sevmeyi istedi. Siz tarafından hiç edildi. Hissizleştirildi. Bir daha kimseyi böyle sevemeyecek duruma getirildi.

Oysa onlar, sizi kan pompalayacağı son güne kadar en güzel şekilde sevecek kalplerdi.

Oysa öyle olmadı işte. Güzel duygular hiç edildi.
Araya ölüm girdi, pişmanlık daha ağır bastı.
Giden çoktan gitti ama bir daha geri gelmeyecekti.

Hayat kısa, ölüm araya girmeden sevdiklerinizin kalbine girin ve hatırlanası güzel anlar biriktirin.

Gücümün Yettiği Yere Kadar Sevdim.

Tükeneceğim son ana kadar sevdim. Seni gittiği yere kadar değil, gücümün yettiği kadar sevdim. Sevginin en güzel hâli bir sevgiyi hissettikçe güçlenmekti. Ama güçlenen yalnızca sendin. Ben sevdikçe daha da güçlendin, o güçle her seferinde beni ezdin. Ve ben buna her seferinde göz yumup seni daha çok severek daha çok güçlendirdim. Herkesin birbirini bu kadar kolay bir şekilde silip attığı bu hayatta, sende kalıcı olmak istedim. Zaten doğru dürüst hiç sevilmemiştim, sen de ayrı bir sevmedin. Seni sevgisiyle güçlendiren bir adamı her defasında ezip hiç ettiğini ileride çocuklarına anlat, bunu isterim.

Sonra baktım bunun sonu yok,
sevecek gücüm kalmadı, tükendim.
Seve seve vazgeçmek neymiş senin sayende öğrendim.
Teşekkür ederim.

Sonra Yoruluyorsun.

İnsanı öyle bir hâle getiriyorlar ki sonrasında yapmak istediğin hiçbir şeyi için almıyor.

Sevmekten yoruluyor insan. Sevdiği zaman karşılığını alamayınca yoruluyor. Değer vermekten yoruluyor, verdiği değerin boşa çıkmasından yoruluyor. Farklı gözle baktığı insanın sıradanlıkta çağ atladığını görünce yoruluyor. Özlemekten yoruluyor, tek taraflı mücadele etmekten yoruluyor, kırılmaktan yoruluyor.

Her seferinde aynı acıları yaşamaktan yoruluyor. En çok da dinlenmek istediği insanda yoruluyor. En çok da bu koyuyor.

Gitmem deniyor ama ilk gidenler nedense hep gitmem diyenler oluyor.

Sonra mı?

İnsan her şeyden soğuyor. Ve hissizleşiyor.

Ve ben en çok sende dinlenmek isterken
en çok sende tükendim.
Sevmekten bir gün olsun yorulmayan bir insanı bu hâle
sen getirdin. Bu da senin çıkmazın olsun.

Çok Sevmek mi, Güzel Sevmek mi?

Bana sorarsanız önemli olan sevgide miktar değil, güzelliktir. Sevginin nasıl yaşatıldığıdır. Herkes çok sevebilir ama herkes güzel sevemez. Mesela herkes çok seviyor ama sevdiği insanın saçlarına anlam yükleyerek seviyor mu? Ben sevdiğim kadının sürdüğü ojesinden tutun, üzerindeki ceketine kadar her detayına âşık olarak severim. Ayağındaki çorabına, yemek yerken kaşığı nasıl tuttuğuna, suyu nasıl içtiğine, gözlerini her açıp kapattığında kirpiklerinin aldığı şekle, ses tonuna, huysuzluğuna, acısına, bana attığı her adıma, kitap okurken gözlerini kaç saniye aralıkla kırptığına ve daha birçok şeye anlam yükleyerek severim. Şimdi detayların hepsini sayarsam evleneceğim kadın hepsini öğrenmiş olacak. Burada okumasını değil de hepsini yaşamasını isterim yani. Benim güzel sevdiğim bilinsin, şimdilik bu yeterli.

Güzel seviyor olmam insanlar tarafından biraz garipseniyor tabii ki. Hatta sevdiğim kadın tarafından bile garipsendiği olmuştu. Tabii daha önce böyle güzel sevilmeyen birine bu elbette garip gelecektir. O da haklı, güzel sevilmemiş ki çünkü. Unutmayın, sizi herkes çok sever ama güzel sevene kolay rastlayamazsınız.

Hayatınızda sizi güzel seven biri varsa onun değerini bilin ve kaybetmeyin. Çok sevmek önemli değil, tüm mesele güzel sevebilmek. Ve güzel sevildiğini hissediyorsan senden güzeli yoktur.

Bize çok seven değil, güzel seven lazım.

Gelsen İyi Olur.

Özel kişiyi bulamıyorsanız özel şeyler biriktirin. Özel olarak yaşayacağınız şeyleri önünüze çıkan herkesle yaşamayın.

Zamanı gelince yaşayabileceğiniz özel ve masumane anlar biriktirin. Yarın bir gün hayatınıza almak istediğiniz bir insan size gelip "Benim için kendinde ne sakladın?" sorusunu sorarsa gönül rahatlığıyla vereceğiniz bir iki cevabınız olsun.

Mesela ben İstanbul'da yaşamama rağmen Adalar'a hiç gitmedim. Galata'ya hiç çıkmadım. Kendi başıma gideceğim yerlere dahi gitmedim. Gitmek istemedim. Çünkü bir gün hayatıma özel bir insan gelecek. Ve o özel insan hayatıma gelince sakladığım özel şeylerle birleşsin istedim.

Adalar'a sevdiğim kadınla gitmeyi, Galata'ya da sevdiğim kadınla çıkmayı istediğim için insanların farklı insanlarla yaşadığı aynı duyguları kendimden mahrum ettim. Çünkü değeri olan her şey bende özeldir. Ben de bu yüzden özel olacağını düşündüğüm ne varsa insanlar birbirini tanımadığı hâlde yaşarken ben hep içimde sakladım.

Hayatımın merkezi yapıp karşılığında huzuru tadacağım insan, her neredesin bilmiyorum ama artık gelsen iyi olur.

Ben seninle aşkı yaşamaya da, Galata'ya çıkmaya da, Adalar'a gitmeye de, seni sevmeye de hazırım.

Dağıtacaksanız Toplamayın.

Başkasının dağıttığını topluyorsunuz eyvallah da, topladınız diye dağıtmanız da gerekmiyor yalnız. Dağınık bir insanı herkes toplar zaten. Herkes dağıtır. Mesele dağınık bir insanı topladıktan sonra dağıtmamak için çaba sarf etmekte. Her şeyin derli toplu olmasını sağlayabilmekte. Ama siz ben topladıysam dağıtmasını da bilirim mantığıyla başta güven verip, toplayıp bir daha toplanamayacağımız şekilde dağıtıp öylece bırakıyorsunuz. Bunu yapmayın. Eğer yaklaşımınız bu şekilde olacaksa ne toplayın ne de dağıtın.

Bugüne kadar da kendi kendimizi topladık. Başkalarını tamamlayacağız diye yarım kaldık ama yine de toplamayı başardık.

Biz kendi kendimizi toplarız.
Gerisi bizden uzak olsun.

Gecikme.

Şu gerçeği unutma, sen her zerrenle bana aitsin. Ve bu gerçeği hiçbir şey değiştirmeyecek. Beni unutmak için girdiğin her sokak yolunu benimle kesiştirecek. Bizi koparıp atmaya çalışmaların boşa yani. Kopardığını zannettiğin her an, yanıldığını; yürüdüğün her yolun seni bana getirdiğini gördüğünde anlayacaksın.

Bir gün her zerrenle bana ait olduğun konusunda bana katılacaksın. Umarım fazla gecikmezsin. Ki gecikirsen seni bizzat affetmeyeceğim. Sen de bir ömür kendini affedemeyeceksin.

Benden sonra kiminle birlikte olursan ol, bana geciktiğinin pişmanlığıyla seveceksin.

Sen benimsin.
Öyle kal.

Yanındayken, Evimdeymişim Gibi Hissettirse Yeter Aslında.

Seninle, günümüzün sıradanlaşmış ilişkilerinin izinden gitmek istemiyorum. Zaten ben öyle herkes gibi sadece ağzımla sevemem seni. Kalbimle, samimiyetimle severim. Aile olurum sana. Annen ve babanın yerini asla tutamam ama annenin şefkatiyle korur kollar, baban gibi yalnız olmadığını hissettirip sahiplenerek severim.

Yeri gelince kardeşin olur, çocuklaşırım. Yeri gelince ağabeyin olur, yön gösteririm. Yeri gelince de sevdiğin adam olur, sana sevgimi en güzel şekilde hissettiririm. Bak kelebeğim, günümüz ilişkilerini görüyorsun. İlk iki-üç ay canım cicim ayları, ayrıldıktan sonra iki gün aşk acısı, sonra unutmak için başkalarına meyletmek çabaları. Oysa ben, senin bende bıraktığın acıya bile sadık kalırım. Öyle bıraktığın yarayı kimsenin sarmasını da istemem. Her gün seni severek kendimi iyileştiririm. Her şeyimle kendimi sana adarım. Zaten bir insan sevdiği zaman sadece sevgili olarak kalmamalı sevdiğinin hayatında. Sevgili olabilmenin üzerine koyup "aile olabilmek" çatısı altında her şeyi olmalı kalbindeki tüm aşkla. Ailem olacaksan gel, ben kuru sevgi sözcükleriyle sevmek ve sevilmek istemiyorum.

"Şu çayı da içeyim, kalkalım hatun."
diyemeyeceksem ne yapayım ben öyle sevgiyi de, sevgiliyi de...

Tutamayacağınız Sözler Vermeyin.

Arkasında duramayacağınız lafları söylemeyi çok iyi biliyorsunuz. Konu icraata gelince çok güzel kaçıyorsunuz. Ve verdiğiniz sözlerin arkasında durmadığınız gibi kendinizi düşürdüğünüz şu küçük durumda bile kendinize bunu çok güzel yakıştırıyorsunuz.

Oldukça gülünç ve bir o kadar da kırıcı bir şey bu, bilmiyorsunuz. Bir insana tutamayacağınız sözler vermeyin.

Kendinizi ve karakterinizi küçük duruma düşürmeyin. En azından yapmak istediğiniz için verdiğiniz sözleri tutamadığınızda hem yalancı duruma düşmezsiniz hem de karşınızdaki insanda yanlış bir yer edinmezsiniz. O üzüntüyü yalnızca içinizde yaşarsınız. Ki bu da kötünün iyisidir. Ama nerede sizde bu düşünce. Siz anca beylik laflar edip tutamayacağınız ve arkasında duramayacağınız kendinizle alakası olmayan bir sürü laf söylersiniz.

Hayatım boyunca kimsenin verdiği sözden en ufak bir medet ummadım. Sadece karşımdaki insanın ağzından çıkan, en ufak bir cümlenin arkasında durduğu samimiyeti aradım. Ne yazık ki bulamadım. O yüzden sana söz veriyorum içeren cümlelere pek samimi bakmıyorum.

Çünkü verilen bir söz bile tutulmadığında güvenim kırılıyor, acıyorum.

Sözünde durmayan insanın
karakterinden de şüphe ederim ben.
O yüzden sözünde durmayan insanları hayatınızdan çıkarın.
Temizlik her zaman iyidir. Ne de olsa imandan gelir.

Çay Sıcakken İçilir, Kadın Güvenirse Sevebilir.

Bir kadın sana o an güveniyorsa, seni o an seviyorsa, sana o an değer veriyorsa, sende paşa paşa o an, o kadının değerini bileceksin. Seni seven bir kadının güveni bittiği zaman, sırf vicdan yaptığın için değerini geç anlamayacaksın. Çay nasıl sıcak içilirse kadının da duyguları sıcakken değer görmeli ve sevilmeli.

Kadınları az çok bilirsiniz, söz konusu onlar için sevdiği adam olduğu zaman sevdiği adam uğruna elde edemeyeceği zafer, kazanamayacağı savaş, vermeyeceği mücadele yoktur.

Duyguları sıcakken ve güvendikleri zaman sevdikleri adam için hiçbir şeyi yapmaktan çekinmezler ve hep duygularıyla hareket ederler. Ama bazen sevmeye değmeyecek adamlar yüzünden duygularının fişini çekip mantıklarıyla hareket ederler. Ve sevmenin hakkını veren adamlar ise kadınların mantığıyla hareket ettiği ana denk geldiği zaman mutluluk ve aşk imkânsızlaşır.

Sonra kadın ben değmeyecek bir adam için her şeyi yaptım ancak zerresine değmedi düşüncesiyle hareket eder. Adam da ben seni güzel severim, güzel sahip çıkarım düşüncesiyle. Ama kadın mantığıyla birleştiği için o adamın doğru kişi olduğunu fark etmeden yaşanacak her şeyin fişini de çoktan çekmiş olur. Bu durum birbirlerini en güzel şekilde sevecek iki insanın yanlarından habersiz bir şekilde iki yabancı gibi geçip gitmesine benziyor biraz.

Üzücü ama gerçek.

Bir kadının duygularıyla oynayacağınız yerde,
o duygular tutunacağınız dalınız olsun.
Çünkü bir kadında mantık devreye girerse
sen devre dışı olursun.

Neden mi Yalnızım?

Neden mi yalnızım? İnsanların egolarını okşamadığım için. Haksızlıklara hayatım boyunca göz yummayıp mantıklı ve haklı olanı savunduğum için. İnsanların sadece ve sadece kendi çıkarları ve menfaatleri üzerine söylediği her şeye katılmadığım için. Ben neden yalnızım biliyor musunuz? Etrafım ince düşündüğünü zanneden bir sürü kalın kafalı insanla dolu olduğu için. Ve kendisinin samimi, dürüst ve daima farklı olduğunu iddia edenlerin ne olduklarını gayet iyi idrak edebildiğim için. Ben neden yalnızım biliyor musunuz? Yalan yanlış duyguların mezesi ve malzemesi olmadığım için. Ben buyum. Sizin doğru bildiğiniz yanlışlara doğru bakmadığım için ömrümün sonuna kadar yalnız kalacaksam şayet; bundan korkmuyorum.

Bir hadis okumuştum, "Haksızlık karşısında susan, dilsiz şeytandır." Hayatımın her anında kendime ait bir duruşum vardır. Her zaman hakkı savunur, hakka göre hareket ederim. Karşıma çıkan insanların yapısı benim duruşuma hep aykırıydı. Mükemmel olduğumu iddia edemem; ancak sıradan da değilim. Unutulmasın, doğru söyleyen dokuz köyden kovulur. Biz de kovulduk be, kovulduk. Olsun, dert değil. Rabbimiz bize yeter.

İnsanlar doğruysan eğmeye,
çok seversen hiç etmeye çok meraklıdır.
Ama insanı insan yapan da duyguları ve vicdanıdır.

İnce Düşünenlere...

Hiç unutmam altıncı sınıfa gidiyorum. O zamanlar sevdiğim bir kız vardı. Benden bir yaş küçüktü. Ama ben onu öyle böyle değil, çok seviyordum. Teneffüslerde o arkadaşlarıyla okulun bahçesinde gezerken, ben de arkadaşlarımla arkalarından yürüyordum. Yani beni unutmaması için baktığı her yerde bulunmaya çalışıyordum. Bana göre okulun en güzel kızıydı. Gerçekten de öyleydi yani. Onun da bende gönlü var gibiydi. Ama bazen bana; beni hiç tanımıyormuş, hayatında hiç görmemiş gibi davranıyordu. Ama ben pes etmiyordum. Zaman zaman konuştuk, zaman zaman koptuk. O zamanlar bende polifonik sesli telefonlardan biri vardı. Ki şunu da unutmuyorum, bir de o zamanlar kullandığım operatörde iki kontör karşılığında mesaj attığımızda, gece yarısına kadar ücretsiz mesajlaşabiliyorduk. Ben annemden habersiz kendi hattıma altı kontör transfer ettiğimde ona ve kendime konuşacağımız üç günün garantisini veriyordum. Ve onu ne kadar çok sevdiğim, hattıma annemden habersiz transfer ettiğim altı kontörün üzerine nasıl titrediğimden bariz belliydi. Gözüm gibi bakıyordum o altı kontöre. Bazen onda olmuyordu, bende olmadığı hâlde bulup buluşturup ona yolluyordum.

Evlerimizin arası kırk dakika falandı. Ve en yakın arkadaşımla onun evi karşı karşıyaydı. Benim en yakın arkadaşım, aynı zamanda sınıf arkadaşımdı. Okul tatil olduğunda hafta sonları bazen onu çok özler, arkadaşıma gidiyorum bahanesiyle bisikletimle onun evinin önünden geçerdim. Beni sevmesi için yapmadığım şey kalmamıştı. Tabii o zamanlar çocuğum ya, nereden bileceğim bir insanın beni sevmesi için zorlamamam gerektiğini. Tüm çabalarıma ve her şeye rağmen sevemedi beni. Yaptığı tek şey bana boşuna umut vermek oldu. Ben de aldım ağzımın payını. Meğer en yakın arkadaşımla birliktelermiş çok uzun zamandır. Bunun iki açıklaması olabilirdi: Ya ben çok saftım ya da onlar çok iyi oynamıştı. Bazen evlerinin karşılıklı olduğunu aklıma getirir sebepsiz yere kendi içimde kıskançlıklar yaşardım. Ama sadece kendi içimdeydi. Onlara belli etmezdim ama o his bile korktuğumu başıma getirmişti. Düşünün, onun benimle konuşmak için kontörü kalmadığında bile ben ona kontör yollarken, o benimle konuşmak için harcayacağı kontörleri en yakın arkadaşımla konuşmak için harcamış.

Ben en büyük ilk darbemi hayattan o zaman öyle almıştım. Yani size şunu söyleyeceğim: Bir insan sizi sevmek istemiyorsa ona dünyaları sunsanız da sevmezmiş. Benim o kıza dünyaları sunma imkânım olmasa da ona hayatta herkesten çok sevebilecek kalbimi sunmuştum. Hem de daha o yaşımda.

Size acı bir gerçeğimi söyleyeyim. O olaydan sonra pek erkek arkadaşım olmadı. İstemedim yani. Biz kalın kafalı insanlar için bu kadar ince düşündüğümüzden bu hâle geliyoruz. Ve o günden itibaren hayatı ince düşünerek değil de gelişigüzel yaşamayı tercih ediyorum. Hayatı ince düşünmemek için başınıza böyle bir olayın gelmesi gerekmiyor dersem basit kaçar biliyorum. Ama siz yine de kalın kafalı insanlar için hayatınızı ince düşünerek zora sokmayın. Çünkü kalın kafalı insanlar için ince düşünmek yoruyor.

Annem bu yazıyı okuyunca bana da ne der bilmiyorum; ama ince düşündüğü için kırılan ve üzülen insanlara da buradan selam olsun.

İstemek Yetmez.

Herkesin sevme ve sevilme isteğine şahit oluyorum. Lakin ne yazık ki istenilenler kadar samimi ve içten insanlar göremiyorum. Herkes hayatta bir şeyler istiyor. Ama istediği şeyi elde etmek ve yaşamak için bir şey yapmıyor. Biz buna istemek diyemeyiz. Gerçekten sevmek isteyen biri, ilk önce kendinin ne istediğini bilmeli. Sonra karşısındaki insanı anlamalı. Anlayış göstermediğiniz bir insana sabaha kadar seni seviyorumlar adayın, boşuna... Anlamıyoruz ya da anlamak istemiyoruz. Sürekli bizim isteklerimiz diyoruz, bizim düşüncelerimiz, bizim hissettiklerimiz, bizim duygularımız... Çok benmerkezciyiz. Bu şekilde hayat geçmez. Bu düşünce yapısına sahip olunduğu sürece, bir müddet sonra etrafınıza şöyle bir bakın bakalım birileri yanınızda kalacak mı? Kalmaz.

Sevmek mi istiyorsunuz? Karşınızdaki insanın yerine kendinizi koymayı deneyin. Uzun lafın kısası, ağzınızdan çıkan anlamlı cümleler sadece lafta kalmasın. İsteklerinizin, arzularınızın peşini bırakmayın. Bırakmamayı, kestirip atmamayı, kalıp mücadele etmeyi idrak edin ve kendiniz bunu kabullenin. Zaten bu saydıklarım uygulandığı zaman karşınızdaki insan sizi sevecektir. Eğer yine sevilmiyorsanız bu sizin değil, sizi sevmeyenin ayıbıdır. Sizin tek ayıbınız empati kurabilmeyi başarmak, kalmak, kestirip atmamak, yanlış insana doğru adım atmak olsun.

Sizin renginiz belli olsun,
gerisini bukalemun olanlar düşünsün.

Aldatmayın.

Aldatmanın insanlığa sığdığını zannetmiyorum. Şunu da unutmayalım ki, aldatmak ve aldatılmak arasında çok fark var. Aldatmak insanlık dışı, karakter yoksunlarının acizlik gösterisine verilen addır. Aldatılmak ise tek suçunun güvenmek olduğunu acı olsa da kabullenen kişinin yaşadığıdır.

Bir insanın duygularıyla oynamak hayati dengesini sarsmaktır. Bunun ciddiyetini henüz kavrayamamış olsanız bile bir oturun ve yeniden düşünün. Hayır, benim anlamadığım şey sadece şu; aylardır, hatta yıllardır senin hayatında her şeyini paylaştığın, sana her şeyiyle yetebilen bir insan varken, neden gidip başkasına yönelirsin ki? Neden onca emeği, fedakârlığı, anıyı ve güveni göz göre göre çöpe atarsın ki? Gerçekten aklım almıyor. Hani bir mantık bulamıyorum. İnsanın duyguları en gizli ve en büyük sırrıdır. Ama bazıları sır tutmayı hiç bilmiyor. Her ne kadar seçimi doğru yapsak da karakterinde mayası bozukluk varsa, olacağın önüne geçemiyorsun. İnsanların duygularını hiçe saymayın. Tutunacak tek dalı duyguları olan insanların hayati dengesini sarsmaya hakkınız yok. Bir söz okumuştum: "Sütü bozuk olanın mayası tutmaz."

Ne kadar da özetliyor her şeyi...

Yanlış insanlara yaptığın fedakârlıklar beni ilgilendirmez. Ben bana yaptığın haksızlıklara bakarım. Hak etmediğim şeyleri yaşatırsan ah olur, bir sana tutarım.

Güzel Sevilmeye Hasretiz.

Sevgi de bir yere kadar. Hem kırıp hem seviyorum diyorsan olmaz o iş. Sevmek sevdiğin insanın üzerine titremektir. Sevmek incitmekten kaçınmaktır, kıracak yer arama çabalarına girmek değil. Siz sevgi kavramını yanlış anlamışsınız.

Şayet siz ister severim, ister kırarım mantığıyla sevecekseniz sevmeyin.

Zaten bir gün mutlu edip beş gün kıracaksanız böyle sevgi istemez. Eksik olsun.

Biz yalnız da bakarız başımızın çaresine. En azından "Ya ben şimdi mutluyum, ya giderse, yarın çok üzülürsem, ne yaparım?" demeyiz kendimize.

Ama sevdiğinizi ve değer verdiğinizi hissettirecekseniz,
seviyorum dediğiniz kalbin üzerine titreyecekseniz,
güzel sevebilecekseniz böyle insanlara fazlasıyla da hasretiz.
Biliniz...

Allah Biliyor, Gerisi Alakadar Etmiyor.

Ön yargılarına teslim olmuş insanların sizi sevmesini beklemeyin. Onların doğruları varsa yoksa kendi bildikleridir. Söyledikleri her şey sizi incitir. Onlara düşündükleri şeyin doğru olmadığını ve tam tersi olanı anlatmak istersiniz ama bitkinsinizdir.

Bitkin olmanıza rağmen anlatsanız bile anlamayacaklarını çok iyi bilirsiniz. O yüzden kim ne düşünüyorsa öylece kalsın istersiniz.

Şahsen ben ön yargılı insanların düşüncelerini değiştirmeye çalışmayı bırakalı uzun zaman oldu. Hakkımda kimin ne düşündüğü benim için elbette önemli ama ön yargılarına teslim olmuş insanlar gözümün önünde boğulsa dahi, önlerine tek bir can simidi atmam. Kalsınlar öyle. Neticede ön yargılarına kapılırken ve o duyguya kendilerini inandırırken bana sormadılar. Zaten bu tip insanların hakkımda ne düşündüğü hiç önemli değil. Beni bilmesi gerekenler biliyor. En önemlisi de Allah biliyor, gerisi alakadar etmiyor. Çok şükür kuluna inancımız bitse de Allah'a olan inancımız bize yetiyor.

Yaşattığını yaşamadan ölmez kimse.
O yüzden daha görecek güzel günlerim var.

Sevdim, Bekledim, Vazgeçtim.

Fakat ben senden vazgeçmeyi hiç düşünmedim ki. Çekildim köşeme, sadece bekledim. Sevmek beklemeyi de gerektiriyordu, ben hem bekledim, hem sevdim. Kendimle vazgeçmemek için mücadele ettim. Çünkü o buna değer dedim. Yine de hiç vazgeçmedim. Seni kazanmak için kendimi kaybettim. Oysa papatyayı gülüşünde, kahveyi gözlerinde sevmiştim. Ama ne yazık ki değmedin. Çok geç fark ettim.

Yanlış insanlara sunduğun sevgi heba oldu diye bana etmediğini bırakmadığının acısıyla yaşayacaksın. Diyeceksin ki senin doğru insan olma payın ne? Şöyle söyleyeyim, bir insan kendisini hiçe sayan birinin peşinden yalnızca çok seviyorsa gider. Canını yakan acısını unutup yine onun üzerine titrer. İşte ben de böyle yaptım. Kırdın, sana geldim. Döktün, yine sana geldim. Geçmişinde yaşadığın acıların sorumlusu tuttun beni, yine sendeydim. Sen başkalarıyla ısınırken ben sadece senin üzerine titredim.

Canımın acısını iliklerime kadar hissettirdin, ben yine de senden hiç gitmedim. Bunlar sana doğru insan olabileceğim ihtimalini hissettirmiyorsa sana doğru bildiğin yanlışlarla mutluluklar diliyorum.

Sana söylemek istediğim çok şey biriktirdim içimde.
Ama söyleyemiyorum.

Söylesem hiçbir şey değişmeyecek biliyorum.
Çok sevmiştim, vazgeçiyorum.

Alıştım.

Dualarıma ortak edecek kadar sevmek istedim seni. Ama sen bu ihtimali de elimden aldın. Seni sevmem için birlikte olmamız gerekmiyordu ki. Ben uzaktan da sevebilirdim seni. Ama duygularımı göz ardı ettiğin günden bu yana artık bıraktığın hiçbir iz acıtmıyor canımı. Bu hayatta hiçbir şey tek taraflı yürümüyor. Bir insan tek başına sadece belli bir yere kadar sevebiliyor. Ama ben biraz abarttım seni sevmeyi. Vazgeçmem gereken yerde vazgeçmeyip senden medet umdum hep. Alışılmış bir cümleye sığdırıyorum şimdilerde acılarımı. Hangi insan bana ve duygularıma zarar verse, dert etmiyorum. Çok fazla yanmıyor canım.

Şöyle özetleyeyim; ben hep yarım bırakıldım. Ama dert değil; çünkü alıştım.

Alıştım kelimesinin altında yatan enkazları yalnızca yaşadığı onca acıyı sadece kuru bir "Alıştım"a sığdıranlar görebilir.

Babalar Günü

Baba denilince yarım büyümüş olanların içinde cız eden bir yara vardır. Ama insan yaşamaya mecbur bir varlık olduğu için acıya alışmak zorundadır, şükretmek zorundadır. Ben de üç yaşımdan bu yana böyle yaptım. Babamın olmaması benim veya annemin tercihi değildi. Bu hayatta kendi seçimlerini herkes kendi yapıyor. Ve bu seçimler insanın insanlık kumaşını belirliyor. Biz çok dikiş tutmayacak kumaşlara bulunmaz Hint kumaşı muamelesi yaptık.

Şunu da belirtmek istiyorum ki adamlık kelimesi özellikle erkekler için söylenen bir kelime değildir. Ne kadınlar var evlatlarına hem annelik hem babalık yapan. Bazı erkeklerin işte o kadınlardan öğreneceği çok adamlık var. Ben yetim büyüdüm. Üç yaşımdan bu yana baba sevgisi nedir bilmedim, görmedim, hissetmedim. Aşkı, sevgiyi ve birçok şeyi çok güzel bir şekilde anlatabilirim ama söz konusu "baba" olduğu zaman dilim tutulur, susar kalırım öyle. Çünkü bu yara kimsenin iyileştiremeyeceği derin izler bıraktı bende. Ve ben bu yaraları yıllarca kendim iyileştirmeye çalıştım.

Baba kelimesi derin bir yaraydı, artık kabuk bağladım. Benim için babalar günü bir anlam ifade etmiyor. Yıllarca annem yanımdaydı, gölgesi bile yetiyor.

Yıllardır evlatlarına hem annelik hem de
babalık yapan adam gibi kadınlara da selam olsun.

Keşke Demeyi Sevmiyorum Ama Keşke Böyle Olmasaydık.

Beni hiçbir şekilde dinlemeyip, bana sırtını dönüp gitmek yerine oturup beni dinleseydin, o yüzüme kapattığın kapıların dibinde seni beklemekten başka çaremin olmadığı o çıkmaza sokacağına, ikimizin de bizi yaşamasına izin verseydin keşke. Şu hayatta keşke demek yerine iyi ki demek için verdiğim tüm çabam genelde boşa çıksa da, sen konusunda keşke demek ayrı bir zoruma gidiyor.

Bu durum her ne kadar zoruma gitse de, bir o kadar da sen konusunda vicdanım sonuna kadar rahat. Çünkü seni, hayatında kimsenin sevemeyeceği kadar çok ve güzel sevdim. Bir de yetmezmiş gibi bekledim. Ben ne kadar beklediysem sen de bir o kadar gelmedin.

Ben seni sevmeye, sen gelmemeye yeminliydin.

Ama bozuldu benim yeminim. Şimdi ben de senin gibi sevmeyenim. Hadi bitelim.

Bitmek için başlamak gerekir.
Biz seninle bitmeyi bile beceremedik.

Özür Dilerim.

İnanın bana kırdıktan sonra dilediğiniz özür, kırdığınız kalbi onarmaya yetmiyor. Siz yettiğini sanıyorsunuz ama yetmiyor.

Kırıyorsunuz, yaptığınız her şeyi ve kırdığınız kalbi kuru bir "Özür dilerim." cümlesine sığdırıyorsunuz. Keşke her şey sizin düşündüğünüz gibi basit olsa. Ama ne yazık ki değil. Tamam, özür dilemek de bir erdemliktir erdemdir ama kırılan bir kalbi onarmak için yeterli değildir. Ne yazık ki özür dilemeyi kendine hobi edinmiş insanlar tanıyorum.

Şahsen ben bir insanın beni kırdıktan sonra dilediği özrü zerre kadar önemsemem. Çünkü kırıldıktan sonra tüm acılarımı bir cümleye sığdıramam. Şayet bir Bir insanın benden özür dilemesinden daha çok özür dileyeceği şeylerden kaçınmasını isterim. Asıl marifet bu çabayı göstermektir işte. Yoksa özür dilemek kesinlikle marifet falan değil.

Kır, dök, parçala ondan sonra "Özür dilerim." de, hiçbir şey olmamış gibi davranmaya devam et. Yok böyle bir şey.

Özür dileyecek şeyler yapacağınıza,
özür dileyeceğiniz şeylerden kaçının.
Kırdığı değil, mutlu ettiği ve sakındığı olun bir insanın.

Çünkü Sen Acıma Acı Oldun.

Bakın, yaranız varsa başka bir insana yaranızı sardırmaya çalışmayın. Kimseyi yara bandı olarak görmeyin. Acınıza bile sadık olun. Yeni bir ilişkiden sonra eski sevgiliyi ve yaşadığınız onca şeyi unutmak için yeni biriyle tanışıp, ona da boş yere umut verip ortada bırakmayın. Bu şekilde hiçbir şeyi unutmuş olmayacaksınız. Bu düşünceden vazgeçin. Gerekirse acınızı içinize gömün, kimseye yalandan dolandan vaatlerde de bulunmayın. Uzun lafın kısası, önünüze gelen herkese yara bandı muamelesi yapmayın. Bir gün yara bandı maksadıyla kullandığınız o insan yaranız olur, her şeyi o zaman anlarsınız. İş işten geçmiş olur, kanarsınız....

Yara bandı gözüyle baktığınız
insanların yaranız olması dileğiyle....

İlgi

Bir ilişkinin can damarıdır ilgi. İki insan ilgiyi birbirinin üzerinden eksik ettiği takdirde, ilgi her şeyi bitirebilecek güce sahiptir. Yani bir aşkın oksijeni gibi bir şeydir diyebiliriz. Genelde ilgiyi kadınların istediğini zaten hepimiz biliyoruz. Çünkü onlar ilgi gördükçe güzelleşir yerinde. O güzellikle sever tüm kalbiyle. Ve ortak eder her şeyine.

İnsanlar genelde kadınların daha duygusal ve ilgiye muhtaç olduğunu düşünüyor. Oysa duygusal ve ilgiye ihtiyacı olan adamlar da var. Aslında ilginin kadınlıkla veya erkeklikle ilgisi yok. İlgiye ihtiyacı olana gereken ilgi o söylemeden gösterilmeli.

İlgisiz ilişki, susuz kalan çiçeğe benzer.
İki gün sonra solar, gider.

Her Anımdaydın.

Ben hep seni bekledim. Herkes sever ama hiç kimse beklemez dediler, ben seni bekledim.

Senin bir başkasını sevdiğin gerçeğini hissede hissede oturdum senin beni sevmeni bekledim. Saatler, günler, haftalar, aylar geçti. Ama ne kalbimdeki sevgi senin kalbine geçti ne de ben kalbime söz geçirebildim. Yaralarım var dedin, acım var dedin, unutamadığım başkası var dedin. Anlayışla karşıladım. Sen buna değer bir insan olduğun için değil, sevgime olan saygımdan. İnan bana sevmek zor bir şey değil. Sevmeyi sen imkânsızlaştırdın. Fedakârlık mı? Âlâsını yaptım. Sarılmak mı istedin? Anında kapındaydım. Nefes aldığım her dakika her anımdaydın. Peki neden? Kalbi olmayan bir adam uğruna çektiğin acılara beni yara bandı olarak kullan diye mi? Asıl zoruma giden ne biliyor musun? Ben kendi acılarımı görmezden gelip, senin acılarına merhem olmak isterken, sen beni yara bandı yapmışsın. Yaraların iyileşmiş, kullanıp atmışsın. Bende sonumu göre göre sana aldanmışım. Seni merhemim sandım, meğer acımmışsın.

Hiç gelmeyecek birini beklemişim, aptalmışım.

Hata bende, değmezmişsin.
Farkına varamamışım.

Babasız Büyüyen Kadınlar

Babasız büyüyen kadınların yaşları kaç olursa olsun, bir yanları hep çocuktur. Ve daima öyle kalırlar. Hayatında en büyük darbeyi ilk güvendiği adamdan, yani babasından aldıkları için birine güvenirken çok kaygılıdırlar. Bazı kadınlar da öyle bir tükenmiştir ki, "Beni babam yarım bıraktı, başka bir adam nasıl tamamlasın ki?" bakış açısıyla bakar hayata. Bence en güzel bu kadınları sevmek lazım. Sevmek lazım ki her adamın aynı olmadığını görsünler. Ben babası tarafından yarım bırakılan kadınların güzel sevdiğine inanıyorum. Çünkü onların sevgisi başkadır. Onların sevgisi yarım bırakılmışlık kokar, eksik hissetmek kokar, hasret kokar, sahip çıkmak korkar, hüzün kokar. Çünkü onlar sevdikleri adamları babalarının bıraktığı boşluğa rağmen güzel sevip, güzel sahip çıkarlar. Sahip çıkma duygusunu sevdikleri adamlardan hissettikleri zaman o adamlara hayatlarını adarlar. O kadınlar zaten babaları tarafından bırakıldıklarında hissedecekleri ve yaşayacakları acı kotasını fazlasıyla doldurmuşlardır.

Ve böyle bir kadın sevilecekse eksik hissettiği ve mahrum bırakıldığı yanlarından sevilmelidir. Acısına acı olunmaya hiç gerek yok.

Babasız büyüyen kadınların bir darbesi de siz olmayın.
Onlar sevilip sahip çıkılmayı hak eder.
Bırakılmayı ve üzülmeyi değil.

Babasız Büyüyen Adamlar

Babasız büyüyen adamlar şımartılmış ve el üstünde tutularak büyütülen kadınları pek sevemezler. Kendileri gibi acının en üst seviyesini yaşamış bir kadını hayatlarında isterler.

Bu adamlar öyle en ufak bir zorlukta her şeye sırt çevirip yollarına bakmazlar. Kalıp, çabalarlar. Olmayacak şeyleri bile oldurmak için ellerinden gelenin fazlasını yaparlar. Ve onların hayatındaki en değerli varlık anneleridir. Annelerine olan düşkünlükleri, hayatlarına alacakları kadını da çok yakından ilgilendirdiği için güzel sevecek duygulara sahiptirler. Ve bir kadının kalbine giden yol, sevdiği adamın annesinin üzerine nasıl titrediğinden geçer.

Babasız büyüyen adamlar severse annesine olan düşkünlüğü gibi sever. Güçsüz oldukları zaman bile kimseye güçsüz yanlarını belli etmezler. Mücadelecidirler. Ve bir kadın bir adam uğruna her şeyi göze alacaksa böyle bir adam için almalı. Çünkü yokluk görmüş bir adam hayatını sevdiği kadının varlığıyla taçlandırmasını çok iyi bilir.

Babasız büyüyen bir adamın
eksik yanını tamamlayan bir kadın,
o adamın annesi gibidir.
Ve o adam tarafından o şefkatle sevilir.

Kadın Nasıl Sever?

Kadınların erkeklerden beklentilerinin ne yönde olduğunu hepimiz biliyoruz. Bu yazıyı "Ya ben elimden gelen her şeyi yapıyorum ama sevdiğim kadın beni bir türlü istemiyor." diyenler için yazıyorum.

Eğer bir insanın içinde istek yoksa ne yaparsan yap her şey boşuna.

Her şeyin istemekle başladığını ve insanın istediğini elde etmesiyle bittiğini biliyoruz. Günümüz insanları her önüne gelene seviyorumlar adıyor. Eğer sen bir kadını seviyor ve hayatında istiyorsan ona hemen seviyorumlar adama. Öyle hemen balıklama dalma. O kadın zaten seninle ilgili bir şeyler istiyorsa sana bunu hissettirir. Ve bu şansı senin öyle bir kullanman, istediğini ve sevgini o kadına öyle bir sunman lazım ki, o kadın sendeki farklılığı görür görmez içindeki o kıvılcıma teslim olsun. Bir kadının erkekte dikkat ettiği en önemli özelliklerden biri, lafının eri olmasıdır. Eğer bir adam sevdiği kadına söylediği bir cümlenin bile arkasında olduğunu hissettiriyorsa o kadın için bu büyük bir servettir.

Eğer gerçekten seviyorsan zaten, sahip çıkma özelliğini ona belli etmen gerekiyor. Bir kadın kendisine sahip çıkan adamı limanı gibi görür. Ve yalnızca o limana sığınır. Seven bir kadın kolay da vazgeçmez öyle. Bir kadın senden gidiyorsa onun gidişi konusunda onu suçlayacağına, "Acaba ne yaptım?" sorusunu kendine kesinlikle sorman gerekir. Çünkü seven bir kadın gitmez. Gönderilir.

Vazgeçmez, vazgeçirilir. Bir kadını sevdiğinle kalmamalısın. Aynı zamanda da onu anlamalısın. Çünkü kadınlar kendilerini anlayan erkeklere değer verirler. Verdiği değerin karşılığını da sevdikleri adamlardan sadece sadık kalmaları şeklinde isterler.

Sadakat çok önemlidir. Kısacası genç adam, bir kadın sendeki farkı gördüğü an, çok güzel bir anlam yükler sana. Sana yüklenen bu güzel anlama anlam bozukluğu olma.

Lafının arkasında durduğunu göster. Sahip çıkabileceğini kesinlikle hissettir. Ve onu kesinlikle anla. Ona baskı kurmak yerine onun seni özlemesini sağla.

Eğer bunları yapmana rağmen bir kadın sana hâlâ adım atamıyorsa, ya o kadının ayaklarını kalbine bağlayan başka bir adam vardır ya da istemiyordur. Her şey istemekle başlar, istenilen şeyin arkasına düşülüp çabalamakla devam eder. Hadise bu kadar basittir.

Kapanış

Geçmişinizin geçip gittiğini bir türlü kabullenemeyip, korkularınızın yaşayacağınız her şeyin önüne geçmesine izin veriyorsunuz. Bunu yapmayın.

Korkularınız tabii ki olsun, ancak yaşayacağınız en ufak bir şeyin önüne geçmesin. Buna izin vermeyin. Hayatın her anından, her zerresinden nasibinizi ve payınızı alın. Yaşamaya bakın, hissetmeye bakın. Çünkü yaşamaktan ve hissetmekten geri çekildiğiniz bugünün yarını olmayabilir. Kalırsınız öyle. Geç kalmışlık hissi kötü ve telafisizdir, bilirsiniz.

Her şey mümkünken şükredin Rabbinize. Şu an bu yazıyı okuyabiliyorsan, demek ki gerçekten bazı şeyler gerçekten şu an mümkün. Korkun ama belli etmeyin. Zayıf yanlarınızı kendinizden başka kimseler bilmesin. Korktuğu ne varsa insanın başına geliyor. Gelmese bile getirtiyorlar. Sağ olsunlar, çok düşünceliler.

Mutlu olacağınız şeyleri değil de korktuğunuz ne varsa onları önünüze getiriyorlar. Keşke bu inceliği ilk olarak kendilerine şu anda içinde bulundukları kalın kafalılık durumundan kendilerini kurtarmakla yapsalar. Kalın kafalı insanlar için ince düşüncelere kapılmayın. İnceldiğiniz yerden kopuyorsunuz, bağlaması da zor oluyor sonra.

Şunu da unutmayın, korkmak korkaklık değildir. Asıl korkaklık, korkularının bir defa geldiğin bu hayatta yaşayacağın her şeyin önüne geçmesine izin vermektir. Korkmak ve korkaklık ayrı şeylerdir. Ben böyle düşünüyorum. Şu anda bu yazıyı okuyorsan, sen korkak değilsin. Önceden yaptığın hataların benzerine düşmek gibi, hayatına alacağın insanların seni aynı yerden yeniden yaralamaları gibi, yanlış seçimler yapmak gibi korkuların olabilir. Ama bunlar sevmene ve yaşamana engel değildir.

Kendinizi bir uçurumun kenarında hayal edin. Tam arkanızda da sevdiğiniz ve sizi sevdiğini düşündüğünüz insan... Sizi uçuruma iterse asıl korkak odur. Ama sizi elleriyle kendisine çekip oradan alırsa o insan sizi çok güzel sevebilir. Çünkü kalıp mücadele etmek yürek ister. Emek ister, çaba ister, sabır ister. Sevgi ister sevgi... Sizi o uçuruma itip, kurtulmak yerine kurtaran insanda bunların hepsi vardır.

Benim de uçurum kenarından aldığım insanlar oldu elbet... Ama ben korkak olmadım hiç...

Bakın korkmadım demiyorum, korkak olmadım diyorum. Korkularımın beni ele geçirmesine izin verecek kadar olmasa da korktuğum anlar elbet oldu.

Şimdi sen! Evet, bu yazıyı okuyan sen! Sana diyorum;

Hayatta hiçbir şey ve hiç kimse senden daha değerli değil. Hayat kısa, hiçbir şey için üzülme. Beterin beteri var, şükretmeyi unutma hâline. Altından kalkamam dediğin enkazların altından kalktın. Bu kadarını da kaldıramam dediğin her acıyı kaldırıp yoluna baktın. Hiç biri de seni alt edemedi. Çünkü sen güçlüsün. Korkuların olabilir ama sen korkak değilsin!

Çünkü Miraç Çağrı Aktaş okuyan biri asla korkak olmaz...
Hayatını korkak biri olarak değil de
korkarak fakat cesurca yaşaman dileğiyle...

#sen17yasimsin ve #senonyediyaşımsın
etiketleriyle paylaşabilirsiniz. :)